白居易

商务印书馆（成都）有限责任公司出品

刘小川 著

刘小川读白居易

商务印书馆

图书在版编目(CIP)数据

刘小川读白居易/刘小川著.—北京:商务印书馆,2023
ISBN 978-7-100-15652-3

Ⅰ.①刘… Ⅱ.①刘… Ⅲ.①白居易(772—846)—唐诗—诗歌欣赏 Ⅳ.①I207.22

中国版本图书馆 CIP 数据核字(2017)第 305159 号

权利保留,侵权必究。

刘小川读白居易

刘小川 著

商 务 印 书 馆 出 版
(北京王府井大街36号 邮政编码100710)
商 务 印 书 馆 发 行
玖龙(天津)印刷有限公司印刷
ISBN 978-7-100-15652-3

2023年1月第1版　开本 880×1230 1/32
2023年1月第1次印刷　印张 6½
定价:38.00元

序　至性至情白居易

　　白居易写爱情长诗，古代称第一。他写《长恨歌》，把五十年前的杨玉环想得仔细。"汉皇重色思倾国，御宇多年求不得。杨家有女初长成，养在深闺人未识。"杨玉环嫁给寿王李瑁六年，白居易一笔未提。李商隐写《龙池》，为寿王鸣不平。

　　《长恨歌》开篇第三句，就堂而皇之撒谎，而一千多年来人们并不责怪他，为什么？诗写得太好，感染力太强。"回眸一笑百媚生，六宫粉黛无颜色。"杨贵妃究竟美到什么程度呢？从唐朝到今天，人们都在议论，一个话题，百代谈不休。

"春寒赐浴华清池，温泉水滑洗凝脂。侍儿扶起娇无力，始是新承恩泽时。"白居易的表达有节制，尽管诗人此时打着光棍儿。"玉容寂寞泪阑干，梨花一枝春带雨。"美得没法说，叫人去想春雨梨花。"芙蓉如面柳如眉，对此如何不泪垂？"

白居易直欲幻化成杨玉环："云鬓半偏新睡觉，衣冠不整下堂来。"

杨玉环获十余年的专宠，主要还是她年轻、性子烈，皇帝驾驭她有难度。唐玄宗两次赶她出宫，又把她请回来。她未能生孩子，因要保持舞蹈家的身材；她未能做皇后，唐玄宗吊她胃口。她酒量大，借酒浇愁；她死，皇帝不救她。

李杨爱情有虚构的成分，毕竟年龄悬殊太大。《长恨歌》成功了，白居易平步青云，到长安做了翰林院学士，娶了一个姓杨的官宦人家的女儿为妻。

白居易身在官场，写几十首《秦中吟》《新乐府》，揭露官场黑幕，敢惹将军豪右，敢为穷苦人鸣不平。他看穷人的生活看得细，继承了杜甫，范仲淹、欧阳修、苏东坡又继承他。《卖炭翁》《宫市》《上阳白发人》等，传为名篇。他做地方官为百姓谋利，离任时，百姓总是舍不得他，刘禹锡形容他离任时的情景："苏州十万户，尽作婴儿啼。"他到杭州，有了西湖上的白堤；他贬为江州司马，写下《琵琶行》："浔阳江头夜送客，枫叶荻花秋瑟瑟……"

古代大文人，做官都是好官。文气通正气，满身歪风邪气的人写不出传世佳作。

白居易晚年蓄妓多，人所诟病。他的一生总的说来是好的，正直，有勇气，更有才华。他把唐朝的精英艺术拉向平民。他跟韩愈的关系不大好，几乎不见面。他对小他近五十岁的李商隐说：我这辈子写诗是写不过你了，下辈子让我做你儿子吧！

多么可爱的白香山。

是为序。

刘小川

2022年8月6日于眉山之忘言斋

目录

乐天小传 / 001

乐天的诗 / 103

   暮江吟 / 104

   钱塘湖春行 / 105

   赋得古原草送别 / 106

   自河南经乱,关内阻饥,兄弟离散,各在一处,因望月有感,聊书所怀,寄上浮梁大兄、於潜七兄、乌江十五兄,兼示符离及下邽弟妹 / 107

   长安早春旅怀 / 109

   邯郸冬至夜思家 / 110

   寄湘灵 / 111

   冬至夜怀湘灵 / 112

长恨歌 / 113

观刈麦 / 120

病假中南亭闲望 / 122

鳌屋县北楼望山 / 123

赠内 / 124

新乐府五十首（选十首） / 126

 海漫漫 / 126

 上阳白发人 / 129

 新丰折臂翁 / 132

 太行路 / 135

 道州民 / 137

 红线毯 / 139

 杜陵叟 / 141

 卖炭翁 / 143

 秦吉了 / 145

 采诗官 / 147

秦中吟十首（选五首） / 149

 重赋 / 149

伤宅 / 152

伤友 / 154

轻肥 / 156

买花 / 158

司马宅 / 160

访陶公旧宅·并序 / 161

琵琶行·并序 / 164

问刘十九 / 170

夜雪 / 171

夜雨 / 172

大林寺桃花 / 173

感情 / 174

招东邻 / 176

南湖早春 / 177

李白墓 / 178

题岳阳楼 / 179

过昭君村 / 180

东坡种花二首 / 182

其一 / 182

　　其二 / 184

步东坡 / 186

得袁相书 / 187

舟中读元九诗 / 188

读李杜诗集，因题卷后 / 189

忆江南 / 190

　　其一 / 190

　　其二 / 191

　　其三 / 192

代卖薪女赠诸妓 / 193

别州民 / 194

初丧崔儿报微之晦叔 / 195

秋房夜 / 196

自问此心呈诸老伴 / 197

别柳枝 / 198

乐天小传

一

杜甫去世后两年，白居易出生了。和杜甫一样，白居易也是河南人，父亲也做过县令。杜甫中年遭遇安禄山之乱，白居易早年碰上李希烈之乱，个人命运，受到不同程度的影响。李希烈属地方军阀，割据河南十郡，并不足以为祸全国。不过，他在中原兴兵割据，说明李唐王朝对国家的控制力减弱了。胡人造反、吐蕃进犯、军阀作乱，三种不稳定因素，加上朝廷宿命般的内耗，导致唐帝国走向衰败。从衰败到灭亡，历时一百多年，这疾病缠身的巨人，咽气也不容易。

白居易活了七十五岁，贯穿中唐始终。他死后，为他写墓志的李商隐，则已被称为晚唐诗人。他生前曾与元稹齐名，称"元白"，元在前白在后。元稹死后，白居易又和刘禹锡齐名，称"刘白"。二人齐名的风气，可能盛于此时，一直波及宋代文坛。

元稹与白居易为同科进士，才高，自负，名

气大。他的名声却来自他的风流韵事：一介穷书生，将花容月貌的贵族少女给吸引住了。由于门第悬殊，爱情颇费折腾，他把这件事写成小说《莺莺传》，当时叫传奇。作者化名张生，与贵族少女崔莺莺在普救寺爱得死去活来，其中有一段佳人翻墙过来幽会的描写，可谓惊心动魄："待月西厢下，迎风户半开。拂墙花影动，疑是玉人来。"

元朝戏剧家王实甫将其演绎成杂剧《西厢记》，而曹雪芹用贾宝玉的口吻赞叹：真是好文章。

男欢女爱推到极致，当然是好文章。我记得《西厢记》中有这类句子："腿儿相挨，脸儿相偎，手儿相携。"这已经是性爱描写了，但读上去并无"黄兮兮"的感觉，倒是佳人情态婉转动人，类似南唐后主李煜的名句："画堂南畔见，一晌偎人颤。奴为出来难，教君恣意怜。"

元稹和贵族少女，由于种种变故，未能花好月圆。《莺莺传》却影响极大。礼教下的男女爱情故事，谁不爱看呢？

白居与元稹二人一生交厚：官场的朋友，文坛的知音，私生活趣味相投。白居易对男女之情的敏感，不比元稹逊色。元稹写爱情小说《莺莺传》，白居易写什么呢？

我们先来看当时的文坛。

中唐文人如雨后春笋，韩愈、杜牧、柳宗元、韦应物等，和元白同时代，形成全国性的文坛。文人既当官又搞创作，二者并行不悖，都是尽力而为。李白、杜甫受到世人尊崇，纯正的艺术呈现压倒优势。文章不是写给皇帝看的，也不是踏入官场的敲门砖。写什么和怎么写，是作家自己的事。文坛长期处于自足的局面，与官场关系不大。审美，成为一种源远流长的生活方式。好作品传播迅速，覆盖面非常广。杜甫的诗集"家家有之"，李白大约也如此。而李杜以下，更有一支庞大的、装备精良的文人队伍。唐朝被称为诗的国度，所谓高雅艺术，乃是今人所言，在当时，诗歌具有相当广泛的社会基础。国民文化素质之高，可见一斑。

白居易把诗歌拉向平民，适当降低它的高度，使之在民间扎下根来。他是有意这么做的，他写了大量的诗，又辅之以理论。他的成功，带动当时，波及后世。

《新唐书》为白居易立传，约百分之八十的篇幅讲他的官场际遇，剩下的部分才谈及他的文学艺术。这使我想起听导游讲苏轼，重点讲苏轼官有多大。白居易官至刑部尚书，一如苏轼官至礼部尚书，但诗人就是诗人，官大官小能说明什么呢？

白居易苦涩的仕途体验，亦如苏轼。历代大诗人，官运亨通者寥寥。这是一个值得反复追问的大问题。官场好手，于诗意就隔膜，只因二者互相排斥，价值形态迥异。文人大都失意，却并非失意在先为文在后，文人坚持他的价值观才会失意。辨析这个绵延两千多年的历史现象，不能倒果为因。

白居易为官四十多年，是好官和清官，他不敛财，几度受穷，这在高官中实属罕见。他努力向杜甫看齐，能看见民间的苦难，并且越看越细。同时他也享有官员的生活方式，蓄妓、醉酒、弹琴、畅游，如同北宋的文坛领袖欧阳修。

本书注重两点：一是白居易异乎寻常的平民化倾向，二是他的至性至情。后者也包括男女之情。《长恨歌》《琵琶行》如此出色，不玩味可惜了。

二

由于河南兵乱，白居易离开家乡新郑，跟随母亲远走江南。辗转吴越，寄居亲戚家，可能有几年光景。之后又向北到过邯郸、太行，史料记载不多。他写诗说：

田园寥落干戈后，骨肉流离道路中。

这段漫长的颠沛流离的生活对他影响不小，深入心灵，埋下种子。至于将长出什么树，开出什么花，他自己并不清楚。人的意识犹如海上的冰山，露出水面的，只有一小部分，很多事都在暗中进行着。由此我揣测，白居易长达几十年的底层关切由来已久。白居易生于官僚家庭，父亲忙着做官，他长期和母亲在一起，而避乱远走期间，可能连父亲的面都见不着。在这一点上，白居易颇似杜甫。他后来钟爱杜诗，想必与这段经历有关。李白的性情是由父亲塑造的，而杜甫、白居易的精神境界，则弥漫着母性的温情。母性总是趋于仁慈，目光也细腻。

兵乱结束，白居易回到家乡，过上完整的家庭生活，细节无考。他的父亲由巩县令迁徐州别驾，举家搬到符离。据传，白居易十六七岁时，以文谒苏州人顾况。顾况是名诗人，又做着官。这人挺有趣，玩味白居易三个字，笑着说："长安米贵，居大不易。"白居易却有准备，拿出一首诗呈上。顾况一看，表情变了，改口说：你有这样的才华，在长安待下去，问题不大。

白居易这首诗，就是我们所熟悉的《赋得古原草送别》：

离离原上草，一岁一枯荣。
野火烧不尽，春风吹又生。
远芳侵古道，晴翠接荒城。
又送王孙去，萋萋满别情。

白居易小小年纪，便写下传世佳作，令人诧异的，是诗中的苍凉美感。少年流浪的身影，隐于字里行间。

这件事还说明两个问题：其一，白居易谒顾况不是碰碰运气，他成竹在胸，并且有了证明才华的作品；其二，顾况能欣赏后辈，并能当面改变态度。

后来，顾况得罪了朝中权贵，被贬饶州。这

次投谒对白居易日后考中进士有无帮助，我们不得而知。他回家用功读书，非常辛苦："昼课赋，夜课书，间又课诗，不遑寝息也。以至于口舌成疮，手肘成胝。"

白居易二十七岁通过乡试，二十九岁再赴长安考试，全国几千名考生，录取四十名进士，白居易位居第四。三年后，他又参加吏部"拔萃科"考试，这次录取的人数更少，他也榜上有名。进士考诗赋，拔萃科考判词，他两手都硬。

仕途摆在白居易脚下。按规定他从县尉干起，到长安附近的盩厔（今作周至）县赴任。这是唐朝进士的第一顶官帽。县尉捕盗、催赋税，直接与小民打交道，既培养基层经验，又练就铁石心肠。稍后我们会知道，白居易是怎么当县尉的。

白居易的性格，趋于沉静，沉静中见热烈。读他的作品，容易留下这印象。白居易外表不错，因为拔萃科考试，相貌粗俗者进不得考场。在长安,他和元稹如影随形,如果他长得难看,反差大,会写诗自嘲的。两个外省青年在京城的富人区随意走动,骑肥马,坐轺车(一种轻便小马车),拥佳丽,羡煞多少土生土长的长安人。

白居易有过一个名叫湘灵的红颜知己,多年后仍难以忘怀。我查阅湘灵的资料,吃惊地发现,她似乎被什么人做了手脚,被藏起来了。历史隐匿了她,好像她见不得人似的。可是白居易至少为她写过三首诗,《冬至夜怀湘灵》说:

艳质无由见,寒衾不可亲。
何堪最长夜,俱作独眠人。

一年三百六十夜,冬至夜最长。湘灵漂亮,诗中写得明白。二人曾经同床共枕,热被窝里交颈眠,也是写在明处的。二人分开的原因不详,也许是因为父母不同意。双方都在思念、痛苦,并且旷日持久。

《寄湘灵》又说：

> 泪眼凌寒冻不流，每经高处即回头。
> 遥知别后西楼上，应凭栏干独自愁。

白居易牵肠挂肚的漂亮女子，竟然被藏起来了，我找半天找不着。手上五六个白诗选本，没有一首怀念湘灵的诗。显然是诗集的编选者认为这些诗没资格入选。这倒奇怪了：白居易的情感体验，难道不值一提。白居易三十五岁写《长恨歌》，四十多岁写《琵琶行》，六十多岁写《井底引银瓶》，那么投入，那么感人，非谙情事者，怎能至于此！为什么把诗人的爱情打入冷宫？他的人民性值得放开喉咙讴歌，他的人性就需要做手脚加以遮掩么？

须知在唐朝，婚前婚后的男女情，只要是真情，都会受到尊重。类似于十九世纪浪漫的法兰西。

这事也怪元稹，他是知情者，又会写小说，为什么不写个短篇《湘灵传》，既能记录白居易和湘灵缠绵悱恻的爱情，又能见证文坛盛传的元白佳话。

白居易的人性、"人之大欲"，我们只能猜测，但他的人民性却俯拾即是。

且看他如何当县尉。

三

周至县离长安一百三十里，百姓穷，县令凶。白居易身份微妙，虽为下级，却有进士头衔，有京城背景。——元稹在朝廷担任左拾遗。县令对他颇客气。此时县令姓甚名谁不重要，他只是封建时代权力网中的一个小结点。他有官场伎俩，对新来的县尉白居易，客套与官腔并用，他毕竟是上级。

白居易将做何反应呢？

白居易上任之初，就写了一首诗《观刈麦》：

田家少闲月，五月人倍忙。
夜来南风起，小麦覆陇黄。
妇姑荷箪食，童稚携壶浆。
相随饷田去，丁壮在南冈。
足蒸暑土气，背灼炎天光。
力尽不知热，但惜夏日长。

　　白居易一生崇拜两个人，杜甫之外，便是陶渊明。此诗展现的田园风光，历历在目。南风一起，小麦就黄了，田埂上走着健壮的农妇、活泼的小孩儿，迤逦向南冈。陶渊明自己便是躬耕的农人，视劳作为寻常。而白居易是官员，是旁观者。如果他悠悠然，将裸露在烈日下的脊背也视为田园风光的组成部分，那他就成了此地县令这类人。一句"力尽不知热，但惜夏日长"，道出农人的坚韧与辛酸：累得精疲力尽了，还珍惜着夏日里长长的天光。风光变得忧郁，诗人恨不得将目光化作清风，拂过这些汗流浃背的劳苦人，他接着写道：

> 复有贫妇人，抱子在其傍。
> 右手秉遗穗，左臂悬弊筐。
> 听其相顾言，闻者为悲伤。
> 家田输税尽，拾此充饥肠。
> 今我何功德？曾不事农桑。
> 吏禄三百石，岁晏有余粮。
> 念此私自愧，尽日不能忘。

诗人细看，我们细读。粗读辜负了他，一掠而过则不如不读。

贫妇抱着孩子，拾麦穗充饥，白居易很惭愧。这绝非唱高调，有他后来的政声为证：因病卸任苏州太守，几十万苏州百姓哭送他。县尉是九品官，一年俸禄，除三百石粮食外，另有职分田两顷五十亩，钱一千九百一十七文。与贫妇相比，真是天上地下。白居易观刈麦后，当时场景整日不能忘，酒肉无味，于是写诗表达。

二十世纪九十年代，有一位杰出的摄影家侯登科，随麦客们南北迁徙，坐货车、拖拉机，爬运煤的火车。他拍下无数的麦客劳作的照片，自己却患上绝症，几次昏倒在麦田里……

古代文人的良知，并非后继乏人。二十世纪五十年代常说的人民性，是个伟大的发明。

白居易这么写诗，县令不高兴。农民苦，堂堂县尊是不看的。他看什么呢？他专看上级的脸色。县令的上级是京兆尹，姓韦，不知道是不是元稹的岳丈。京兆府辖郊县二十三，周至县为其一。史载，白居易任县尉那几年，有三任京兆尹是横征暴敛的酷吏。

县令看上级脸色，当然希望白居易看他的脸色。然而白居易却跑到田里看农夫，动动恻隐之心也罢了，还写诗自责，并传入京城。县令露出狰狞本相，强令白居易抓人，鞭打交不出钱粮的农民。双方拧上了。白居易郁闷之极，病倒了。

县令倒来探病，恩威并施，提醒他病愈后上班，该干的工作还得干下去。

办法都是想出来的，白居易在病床上苦思冥想：怎样才能既不得罪上级，又不欺压百姓。对他来说，仕途刚刚开始，来日方长。生病是个好办法，而最好的办法就是不断生病。

上级看出白居易装病，却忌惮他的京城背景，不便拆穿他。鞭打农夫的事交给了一帮悍吏。白居易乐得清闲，以病人的口吻吟诗道：

欹枕不视事，两日门掩关。
始知吏役身，不病不得闲。

此事表明：白居易既有立场，又有策略。

作为优秀的知识分子，白居易不会给自己找理由，心安理得地执行上级命令。这个乍看不起眼的细节，却说明了大问题。京畿二十多个县尉，没几个像白居易这样。一般人宁可装糊涂、悄悄抹掉良知，也不愿抗命装病得罪上级。他们总会找到安慰自己的理由：农民历来就苦嘛，孔圣人也讲过："耕也，馁在其中矣。"农民不晒太阳，莫非让官老爷们去呀……

鲁迅写《狂人日记》，惊呼：历史原来是吃人的历史！

鲁迅这句被无数次引用的话，却需要细心考察，看清"吃人"的全过程、标准样式和诸多变式。

白居易对当时的政治有大抱负，曾在京城一口气写下七十五篇《策林》。杜甫"穷年忧黎元"，白居易比杜甫强，心忧黎民能落到实处。装病搪塞是暂时的，总有一天他会一跃而起。

县令不管他了，还劝他游山玩水，说是对他的身体有好处。

白居易乐了，挥笔写诗：

一为趋走吏，尘土不开颜。
辜负平生眼，今朝始见山。

山名太白，是李太白当年盘桓过的。白居易称县尉"趋走吏"，可见他有趋走的体验。下乡逼农户，他皱着眉头，眼里只有尘土，哪来的山清水秀？现在好了，他终于能看见太白山了。

白居易的诗中不仅有自然风光，更有人事、情事。

四

白居易在周至县，身边没女人。他三十多岁了，情爱之躯处于休眠状态，夜里抱着枕头，怀念湘灵。以他此时官俸，蓄妓有困难，但寻花问柳或可应付。我猜测，他对男女之事很敏感，却不大可能是烟花巷里的常客，因为，他写女人，并无猥亵之态。白居易在徐州做官的父亲，好像不怎么操心他的婚姻大事。也许是放权给他，让他自己处理。

白居易三十五岁了，仍然形单影只。而元稹早就做了父亲，从描绘崔莺莺，转而形容娇妻与爱女，羡煞这位大龄青年。——白居易到长安，二人要见面的。大龄青年打马回去，一百多里路，花红草绿蝴蝶乱飞，他心里的情愫却不能释放。他心情苦闷，情爱缺失。白居易后来蓄妓成瘾，此间可见端倪？

工作不想干，妻子没着落，白居易把大量的时间花在交游上。他有两个好朋友，一个叫王质夫，山东琅琊人；一个叫陈鸿，贞元年间的进士。这两个人，因白居易而青史留名，又促成并见证了《长恨歌》的创作。

《长恨歌》是贯穿一千多年的文化事件，影响了唐宋传奇，元明杂剧，清代戏曲、话本、小说，以及现当代的戏曲和影视剧。唐玄宗、杨贵妃因之而成为家喻户晓的人物。

这桩大事，却由一次闲谈而起。

离周至县城不远，有座仙游山，山上有个仙游寺。白居易、王质夫、陈鸿，三个男人游寺，枯树下晒太阳，喝茶，倾听鸟鸣；又喝酒，谈古论今。时在元和元年（806）十二月。三人已属旧交，彼此很随便。谈起几十年前的安史之乱，谈起唐明皇杨玉环，三人十分感慨。据陈鸿记载，王质夫对白居易说："夫希代之事，非遇出世之才润色之，则与时消没，不闻于世。乐天深于诗，多于情者也，试为歌之，如何？"

这段话含有三层意思：其一，玄宗和玉环的爱情悲剧，只有大诗人方能润色书写，使之流传，否则就要失传。其二，白居易不仅诗写得好，而且多情，经历过缠绵悱恻的男女情事。其三，"试为歌之"，写出来的东西能否传世，还是个未知数。

白居易答应了。朋友的期待，于他而言是鼓励。此时他的才华与名望，并不成正比。中唐文坛，他还不算名播天下的大家。他的才华需要作品来证明。证明给谁看？除了文坛，还有朝廷，而朝廷就在百里之外。皇帝和他的大臣们，都是诗歌的内行。

另有一层：白居易这位多情男子正患着情爱

缺失症。

如果这一年他忙着谈恋爱，那么他可能推辞，也可能写出来后质量一般。人是缺啥想啥，生活中缺了风情，正好在想象中加以弥补。

而我们已经知道，白居易是怎样来弥补的，他写下的，又是什么样的诗篇。中国历代爱情诗，《长恨歌》至少是传播最广、艺术最见功力的。至于它的内容是否健康、唐玄宗与杨玉环的遇合算不算爱情，我们稍后再来辨析。

《长恨歌》写了多久，没有记载。也许几天，也许几十天。成诗的时间，可能在806年的春天。陈鸿、王质夫先睹为快，那激动心情不难想见。杰作问世了。它的影响力无疑会波及朝野，传于后世。陈鸿和元稹一样擅长写传奇，连夜写下《长恨歌传》，同时记录了两件大事：白居易的佳作由来，玄宗玉环的恋爱细节。

品读佳作之前，我们先看佳人。

杨玉环的父亲曾在蜀中做官，她也在蜀中长

大。盆地温润的气候，滋润了这位绝代佳丽的容颜。她有三个姐姐，估计都漂亮。十七岁时，她嫁给玄宗的儿子，寿王李瑁。不用说，杨玉环贵为王妃，是杨家列祖列宗的荣耀。一家人开始飞黄腾达，从蜀地迁到长安。她和寿王过了几年，熟悉了京城，也习惯了王府的生活。顺便提一句，她父亲给她营造了一个官僚家庭的环境，她从小养尊处优，性格单纯。李白为她写过三首《清平调》，杜甫则于《丽人行》中描绘杨氏姐妹："态浓意远淑且真。"

唐玄宗也缺女人，后宫佳丽三千，皆不入他的眼。而这三千佳丽已经是花中选花了，后宫女子多达四万。皇帝郁郁寡欢，太监高力士暗中搜寻，发现了寿王妃杨玉环。如何发现的？《长恨歌传》说："时每岁十月，驾幸华清宫，内外命妇，熠耀景从。"有封号的女人称命妇，无论她是宫内的，还是宫外的，宫内如嫔妃，宫外如公主、王妃等，后者还包括因丈夫做官而受封赠的，比如郡君、县君、夫人、孺人。总之，所有这些女人，都在皇帝考虑的范围之内。华清宫多温泉，当时称长汤。皇帝泡过澡，赐命妇们沐浴，大小太监穿梭忙碌。然而选出来的女人，皇帝不满意："前后左右，粉色如土。"

于是，"诏高力士潜搜外宫，得弘农（官职）杨玄琰女于寿邸。"

潜搜，可能表明两点：一是不便明令搜寻；二是让外命妇们处于日常状态下，举止随意，姿态纷呈。

杨玉环于万紫千红中脱颖而出，玄宗一看，呆了。玄宗这样阅美无数的男人，把她视为汉武帝百般宠爱的、具有"倾城倾国貌"的李夫人。玄宗一向自比武帝，各方面都要比个高低：无论是开边、迷神仙，还是拥有绝代佳丽。

玉环入皇宫，先做女道士，道号太真。这是唐玄宗的障眼法，免得百官议论。陈鸿说，杨玉环第二年就被"册为贵妃"，今人王汝弼先生则认为是几年以后。从年龄看，王的说法更可信。

杨贵妃登场了。她究竟美到何种程度呢？陈鸿是这么写的："鬓发腻理，纤秾中度，举止闲冶。"——头发好，皮肤细，胖瘦中度，举止娴静而又妖娆。玄宗额外赐长汤，名曰华清池。杨妃入浴，"既出水，体弱力微，若不任罗绮；光彩焕发，转动照人。上甚悦"。丰腴女人泡过热汤，侍女扶她出水，浑身娇弱无力。有趣的是她接下来便光彩焕发，转动照人了。皇帝大概目睹了全过程，这方面他经验丰富。

杨妃善舞，跳《霓裳羽衣曲》，李白见过，如痴如醉地加以描绘。这舞曲，据说是玄宗梦里观月宫仙女跳舞，记下了舞蹈动作和曲谱。杨妃之前有梨园伎女跳过，可她跳得最出色，仙姿与血肉激情完美融合。除了天生丽质，除了懂音乐善舞蹈，她还"敏其词"，有良好的文学修养。

杨妃受专宠，看来理由充足。

她冰肌玉骨，又有火焰般的热情。平日里娴

静、端庄，言语行动可人，却又能妖娆百态，风流万端。

她于开元二十八年（740）入宫，到天宝十四载（755）安史之乱，前后十几年。封贵妃十年，与玄宗"行同辇，居同室，宴专席，寝专房"。她享受的待遇，叫"半后服用"，即皇后规格的一半。而事实上，皇后成了名义上的皇后，和皇上同房的资格都被取消了。

杨妃受宠，杨家人鸡犬升天。这要怪皇帝，不能怪她。历代皇帝都是这么干的。杨妃在玄宗的生命中如此重要，家人、族人不沾光，倒会令人觉得不真实。

杨妃的堂兄杨国忠，于天宝十一载（752）继李林甫之后当上右丞相。这是大家熟悉的奸臣。他与安禄山视彼此为眼中钉。安禄山造反，打的正是清算杨国忠的旗号，试图以此赢得民心，扰乱军心。叛军势如破竹，玄宗仓皇逃走。逃至马嵬驿，羽林军哗变。带头的将军叫陈玄礼，声称杨国忠反叛，将其砍成几截；又将御史大夫魏方进杀死，将名声不坏的左相韦见素击成重伤。杨妃的姐姐以及几个小孩均遭追杀。这叫赶尽杀绝，既然杀了杨国忠，杨家人就一个都活不成。陈玄礼逼到皇帝跟前了，叫他交出杨玉环："国忠谋反，贵妃不宜供奉，愿陛下割恩正法。"玄宗说："朕当自处之。"陈玄礼是太子李亨的人，所以他敢逼皇帝。

玄宗转身入驿门，倚杖而立，很长时间一言不发。当皇帝四十几年，却被属下逼迫：不交出心爱的女人，将自身难保。无论他做出何种选择，杨妃都是死路一条。

玄宗不甘心。《资治通鉴·唐纪三十四》记载：上曰："贵妃常居深宫，安知国忠反谋？"高力士曰："贵妃诚无罪，然将士已杀国忠，而贵妃在陛下左右，岂敢自安！"

杨玉环是非死不可了。高力士引她到佛堂，用一根白色丝带套在她的脖子上，"缢杀之"。

杨妃玉殒香消，年仅三十八岁。有记载说，她的面容身段和她做寿王妃时几无异，而气质风度胜于当年。

杨妃死，六军发。走到扶风郡，军队又要哗变，玄宗声泪俱下，拿出成都刚刚进贡的十万匹好布安抚将士，方逃过一劫。过了一年多，玄宗返回长安，再走马嵬坡，杨妃尸身已腐烂，身边香囊犹存。

玄宗回长安后不久，太子李亨即位。当了皇帝的儿子软禁他，他怀念杨妃，请来道士招魂，千方百计要见她一面。两情隔阴阳，相思万般苦，玄宗撒手人寰追她去了。

时过五十年，白居易所面对的，就是上述这个爱情故事。

对白居易来说，时机正好。他投入到故事的细节当中，张开身上的每一个毛孔，感受这桩罕见的爱情悲剧：皇帝与他的妃子，相爱竟如此深切。

汉皇重色思倾国，御宇多年求不得。
杨家有女初长成，养在深闺人未识。
天生丽质难自弃，一朝选在君王侧。
回眸一笑百媚生，六宫粉黛无颜色。
春寒赐浴华清池，温泉水滑洗凝脂。
侍儿扶起娇无力，始是新承恩泽时。

　　句子凝练而朴素，是白居易一贯风格。他叙事，看上去不动声色——所谓大手笔，通常是这样——再三掂量情境，让语言与之对接，也许修改过若干次。《长恨歌》的整体布局很清晰，但这清晰得来不易。杨妃回眸，六宫失色。权力顶端的男人，拥有绝代佳人，这似乎无可争议。"春寒赐浴华清池，温泉水滑洗凝脂"，激发读者的无穷想象，分寸又极好，不失士子品位，上呈朝廷，下播民间。白居易找到了属于他自己的语言喷射点。

　　罗兰·巴特说："人体最具色情之处，难道

是衣饰微敞的地方吗？"

杨妃的色情处，在她出水的那一瞬间。白居易给出了一个看不见的裸体。他玩弄推出又隐匿的把戏，充分调动语言的弹性功能。

春宵苦短日高起，从此君王不早朝。

他省略了若干年，笔锋直插马嵬坡：

渔阳鼙鼓动地来，惊破《霓裳羽衣曲》。
九重城阙烟尘生，千乘万骑西南行。
翠华摇摇行复止，西出都门百余里。
六军不发无奈何，宛转蛾眉马前死。
花钿委地无人收，翠翘金雀玉搔头。
君王掩面救不得，回看血泪相和流。

一句"宛转蛾眉马前死"，哀怜之情跃然纸上。事起仓促，那激情充沛的绝妙身体，仿佛死于某种旋律。宛转既展现她的身姿，又表现她的留恋，她的突如其来的绝望。白居易让我们体验佳丽之死。过错的根源不在她，诗人显然比后来的某些学者更清醒。他一向为女子鸣不平，如同为人间鸣不平。诗人，首先是不折不扣的人道主义者。佳丽呈现为价值，犹如鲜花盛开。鲜花猝然凋零，触目惊心。什么样的眼睛能够视若无睹？

鲁迅说："悲剧是把有价值的东西毁灭给人看。"

此间的君王，亦在哀怜的照拂之下，他哀怜杨妃，诗人又哀怜他。

明末戏剧家洪昇写《长生殿》，把杨妃的死描绘得十分感人。她不哀求，死得很从容。其中有句台词，杨玉环指着陈玄礼说："你兵威不向逆寇加，逼奴自杀！"洪昇紧接着咏叹："当年貌比桃花，桃花，今朝命绝梨花，梨花。"洪昇笔下的杨玉环，死在一棵梨树下。这源于《长恨歌》：

玉容寂寞泪阑干，梨花一枝春带雨。

　　牡丹、桃花、梨花，三种名花的韵味儿相加，方可配杨玉环。而李白、杜甫、白居易，三位顶尖大诗人，不由自主地，要为杨妃写诗。杨妃的死讯传到长安时，杜甫在曲江边吞声哭泣。悲剧就是悲剧，诗人们不因杨国忠而谴责她。

　　白居易写玄宗的追思之苦，足以感动任何朝代的任何正常人：

　　归来池苑皆依旧，太液芙蓉未央柳。
　　芙蓉如面柳如眉，对此如何不泪垂？
　　春风桃李花开日，秋雨梧桐叶落时。
　　西宫南苑多秋草，宫叶满阶红不扫。
　　梨园弟子白发新，椒房阿监青娥老。
　　夕殿萤飞思悄然，孤灯挑尽未成眠。
　　迟迟钟鼓初长夜，耿耿星河欲曙天。
　　鸳鸯瓦冷霜华重，翡翠衾寒谁与共？

悠悠生死别经年，魂魄不曾来入梦。

杨妃香魂飘散一年多，玄宗未曾梦见她，如果白居易写实，倒有几分奇怪。日有所思夜有所梦，似乎不足为凭的。川西坝子有句老话：亡人越望越远。也许思念太多，入睡反无梦。

于是，一位名叫杨通幽的道士忙碌开了，他是四川邛崃人，据说有本事往返于阴阳界，扮演爱情使者的角色：

排空驭气奔如电，升天入地求之遍。

原来杨玉环居于海上仙山：

中有一人字太真，雪肤花貌参差是。

接下来，杨玉环的反应，令人悲不忍睹。白居易想必是泪流满面：

闻道汉家天子使，九华帐里梦魂惊。
揽衣推枕起徘徊，珠箔银屏迤逦开。
云鬓半偏新睡觉，花冠不整下堂来。
风吹仙袂飘飘举，犹似霓裳羽衣舞。
玉容寂寞泪阑干，梨花一枝春带雨。
含情凝睇谢君王，一别音容两渺茫。
昭阳殿里恩爱绝，蓬莱宫中日月长。
……
临别殷勤重寄词，词中有誓两心知。
七月七日长生殿，夜半无人私语时。
在天愿作比翼鸟，在地愿为连理枝。
天长地久有时尽，此恨绵绵无尽期！

一句重寄词，说尽杨妃无限深情。

朱东润《中国历代文学作品选》称：此诗对玄宗玉环的生离死别，"寓有同情之意"。用同情二字带过，真是何其匆忙。我读到的选本大致类似，学者们隐约有个倾向：剔尽同情，让讽刺的主题更为明确才好。他们不感动,拒绝相信皇帝和他的妃子会有爱情。

一日夫妻百日恩,十年恩爱又如何?唐明皇与杨贵妃的爱情,民间是相信的。唐明皇也是凡人,他爱杨贵妃,和普通男人爱美女有什么本质上的区别吗?白居易并未暗示玄宗单重肉欲。相反,玄宗与杨妃,倒是灵肉并重。

《长恨歌》仅仅对李杨悲剧"寓有同情之意"?白居易岂止是同情,他投入之深,胜过历代描写爱情的诗人。这钻石般的爱情超越时间,地老天荒不能磨损。

历代写爱情的好诗本不多,白居易惨淡经营方有杰作,我们不能一面高喊他的名字,一面又把他的代表作分割成双重主题,煞费苦心抽掉其中的爱情部分。

五

《长恨歌》传到长安,白居易名声大振。元

和三年（808），他双喜临门：朝廷封他为翰林学士；一位姓杨的女士对他青眼有加。他从小小的周至县尉，一步跨到皇帝身边，这使他有机会在政治上施展抱负。这也是像他这样的读书人梦寐以求的事，他此时雄心勃勃。

所谓中唐，意味着盛唐不再，读书人格外缅怀开元、天宝的好时光。由于文化传承，有良知的读书人对盛世之为盛世，记忆更鲜明，理解更深刻。文化巨人的目光，无一例外是投向长远，身为朝廷官员，则尽可能将权力引向利国利民。然而盛唐气象一经打破，颓势不可阻挡，皇权削弱，权臣必然互斗，党争必然激烈——这是封建社会权力格局的既定模式。有良知的读书人，他是身在历史的进程中的，不可能跳到历史之外，他要奋斗，要沮丧，要绝望，要重整旗鼓，陷入宿命般的循环。

白居易的青壮年时代，处于贞元、元和年间，前者二十一年，后者十五年，政局相对平稳。后来的几任皇帝，在位时间就短了。

白居易居翰林学士，这翰林不同于李白的供奉翰林。不久，他被除为左拾遗。当初杜甫奔凤翔，曾担当此职。元稹以状元身份出任的也是左拾遗，却被权臣挤走。白居易当上后，心里既光荣又惶恐，他说："授官以来，仅经十日，食不知味，寝不遑安。惟思粉身以答殊宠。但未获粉身之所耳。"

左拾遗职重而位轻，朝廷有意这么安排，避免谏官因顾忌既得利益而不敢讲话。白居易在满朝的高官中，人微而言重，寝食不安盖因此。他深知元稹被挤走的内情，也知道杜甫因为房琯事件而得罪唐肃宗。讲真话不成问题，问题在于：因几句真话而丢掉职位，不利于同朝廷的邪恶势力作斗争。这里，策略被推到醒目的位置。白居易做了足够的心理准备。左拾遗进言有两个渠道：一是上奏状，二是面君廷诤。沽名钓誉之辈，往往选择廷诤，言辞一套又一套，专来虚的，明里暗里巴结权贵。白居易则密进奏状,直接向皇帝进言。

当时的官场,认为白居易不懂潜规则。

白居易任左拾遗三年,干过几件大事。他是讲究策略的,不然当不了这么久。杜甫当谏官,仅仅三个月。

有个太原人叫王锷,营将出身,因战功调京城,又外放做广州刺史,在此期间,他敲诈商家,借征税大刮地皮,经营七八年,家资巨万。他仗着资产雄厚,在长安大造宅第,挖地洞、修夹墙储藏金银财宝。他在广州遥控,命令常住京城的儿子每天设宴,款待朝廷高官。高官大都乐意来,又吃又拿,事后赞美王锷父子。王锷名动京师,皇帝对他印象很深。王锷拿巨额家产换名声,他想做什么呢?想做丞相。白居易对这事早有察觉,下决心挡王锷的官道。他以微贱的从八品,对抗有钱有势的三品大员。朋友劝他识时务,别自找没趣,他不听,写奏状呈给唐宪宗:

"臣窃有所闻,云:王锷见欲除平章事。未知何故,有此商量。臣伏以宰相者,人臣极位,天下具瞻;非有清望大功,不合轻授。王锷既非清望,又无大功,若加此官,深为不可……或恐万一已行,即言之无及。伏惟圣鉴,俯察愚衷。谨具奏闻。"

白居易这个奏状,不给王锷留面子;敢与皇帝商量,则表明自己所任谏官非虚职,确有商量的空间;时机抓得正好:朝廷正在动议,皇帝正在考虑。

白居易干成了。王锷当丞相的事搁了下来,一搁六年。六年后,这条以吞吃民间财富而富甲天下的大鱼如愿以偿,当了宰辅,但一年后就病死了。他儿子则由于钱太多而招致强盗袭击,也死了。

这件大事,很能说明白居易的性格。宪宗也不是昏君。事后的舆论对白居易不利。王锷恨他,亲王锷的官员中伤他。宪宗却不能独裁,他的想法因势而变。历代所谓明君,都有能力控制形势。宪宗不是不想做明君,是他做不到。

皇帝看白居易不那么顺眼了,这是后话。

白居易做翰林,当谏官,幸福的婚姻也在同步展开。他已经是著名诗人了,结交了很多名流。京城有一位杨汝士,向白居易介绍了他的从妹杨氏。杨氏的父亲是外地官员,她本人也年轻有姿色。白居易在杨汝士家初见她,彼此都有好感,第二次见面就爱上了,颇有自由恋爱的味道。白居易熟悉男女风流,有点按捺不住,杨氏却遵循妇道,凭他软磨硬泡,也坚持婚前不和他亲热。从媒人正式提亲到完婚,隔了大半年。白居易碍于自己的道德形象,不便像以前那样,在银两足时盘桓青楼。谏官不能授人以柄。唐朝虽然开放,但你老跑娱乐场所,别人会质疑你的银子从哪儿来。

那么,挨着吧!白居易三十七岁,情爱之躯派不上用场。而他多情多欲,异于普通男人。读他的诗集你会发现，他投向女性的目光总是很准确，很缠绵。他关注女性命运仿佛出自本能。他学杜甫看人间苦难，则源于知识分子的责任意识。这话题后面详谈。

白居易令人联想到曹雪芹。曹雪芹的笔下有几十个女子，白居易的生活中，先后也有二十多个女子。家妓，他未必都与之有肌肤之亲。他在女人中间营造良好的民主氛围，就像贾宝玉。他尊重并欣赏女性，细腻地描绘女性。后世文人，屡屡提到他与家妓怎么样，艳羡之情溢于言表，有些人甚至说得吞口水。这一层，文学史匆忙带过。这匆忙，却又带出匆忙想要遮掩的那些东西。

白居易早年随母亲漂泊，青年时代三度奔赴考场，曾与湘灵有过缠绵悱恻的爱情，然后生活在对湘灵的无穷追忆中。三十几岁的多情男人，仍然独自一人。写《长恨歌》，是一次情感大喷发。喷发后的火山又归于沉寂。

白居易的情感压抑属正常，而且他是大诗

人,感受力非同一般,也许压抑更甚。

关于白居易的情感经历,文学史撇下了,现在我们捡起来,重新打量。完整地把握古代的杰出文人,需要尽可能去掉遮蔽,接近真实。

白居易一面做京官,一面和杨氏谈恋爱,希望早日成婚。白居易此时特别忙碌,他身兼数职:写奏状的谏官、起草诏书的翰林学士、科举考官,但他成婚后,日子过得紧张而舒畅。

白居易爱杨氏,不仅肉体厮磨,而且深入她的内心。等夫妻生活步入常态,白居易倏然发现,妻子对他要求很高。

杨氏希望白居易当大官,一家子荣华富贵。她是受她父母的影响,父母又受其他长辈和亲戚的影响。白居易痛苦地发现,杨氏首先属于她那庞大的家族,其次才是他的妻子。她的每一个念头都根深蒂固。更为麻烦的是,夫妻之间很难讲道理,因为杨氏从不读书。

君子爱财,取之有道,急于致富,难免乱来。

而以白居易的官场身份，只要他不耻于钻营拍马、摆谱弄权，富贵唾手可得。然而杨氏的眼睛不单长得好看，还拥有另一大功能：替老公寻视升官发财的机会。白居易仿佛面对两双眼睛、两张嘴。枕边风逐渐取代脂粉气，浓情蜜语变成嚼舌根。

激情朝着温情转变，却不料通道受阻。精神不融洽，阴阳生间隙。

由此或可推测：白居易和杨氏，在某一年，终于走向貌合神离。他苦闷，杨氏何尝不苦闷呢？

六

四十四岁以前，白居易各方面感觉良好。他要干大事。家里堆满朝廷发的谏纸，因为他用得太快了，发谏纸的部门索性给他一步到位。另外，他主张："文章合为时而著，歌诗合为事而作。"什么事呢？唐帝国的兴衰大事。他提倡新乐府运动，张籍、元稹、王建等人都来参加。这些人和他一样，既是诗人又是官员。他们在京城影响很大，在政坛诗坛皆为风云人物。白居易看准了这一点，充分利用诗歌的传播功能。一纸诗笺，往往胜过几道奏折。用语言艺术去参与政治，是古代文人的一大传统。杜甫若有机会，也会这么做的。

新乐府五十首，总序倒像宣言："篇无定句，句无定字；系于意，不系于文……总而言之，为君、为臣、为民、为物、为事而作，不为文而作也。"

中唐政治，处于微妙的转折点上，身在官场的诗人好比先知，有极好的政治敏锐性，深知帝国的危机，欲挽狂澜于既倒。然而社会表面风平浪静，官僚阶层，日子过得非常滋润。贪官污吏多如蝗虫。白居易的新乐府，从前朝写到当代，矛头指向包括皇帝在内的统治集团。而这是他的一贯立场：当年写《策林》，措辞激烈，针对德宗皇帝毫不留情，让人为他捏一把汗。

说白居易是如何"为君"写诗之前，我们先来细看这位元和年间的君王。

宪宗李纯，在位十五年，是中唐诸帝中唯一的一个在位既久又不变年号的皇帝。他是雄心勃勃的悲剧人物，在外受制于藩镇节度使，在内不得不倚重宦官，导致宦官专权。他是顾了这头顾不了那头，终于两头皆输。历史到了这样的时刻，并不取决于统治者的个人能耐。帝国整体呈颓势，明君和他的贤臣所能做的，仅仅是缓减它倾覆的速度。唐玄宗晚年耽于享乐，荒于朝务，安史之乱陡起，帝国元气大伤。皇权削弱的直接后果，是藩镇割据渐成气候。节度使掌军政大权，自蓄财力，自控军队，形同独立王国，抗衡中央政府。朝廷拿它没办法：施以重压，藩镇就造反。宪宗前的几个皇帝，为藩镇伤透了脑筋。这显然是垂老帝国的躯体上长出来的毒瘤，却又不敢动大手术。宪宗登台，摆出了强硬姿态，军事手段与"外交"策略并举，一度使朝廷占据了上风，但时间不长。宪宗绞尽脑汁，各藩镇喘得一口气，还是嚣张。

有个故事，颇能说时唐宪宗的处境。

元和四年（809），成德（今河北正定一带）节度使王士贞死了，他儿子王承宗想"继位"，唆使一批将领上书朝廷，请求批准。这是其他藩镇常用的伎俩，要挟皇帝，索要人事权。朝廷迟迟不表态。宪宗一面观察动静，一面调动军队。其实双方都在行动。半年后，王承宗抛出"求和"的条件：让出藩镇所属的两个州。宪宗答应了。白居易起草诏书，强硬而又委婉，意在息事宁人。王承宗野心得逞，堂而皇之做了成德节度使。朝廷给他让出的州派去新刺史，他忽又变卦，扣下州官。宪宗大怒，召集四路大军征讨。可是让谁担任兵马统帅，宪宗又犯愁了：这四路大军分属四个节度使，如果某个节度使在讨伐叛镇的过程中坐大，岂不是节外生枝，比一个王承宗更麻烦？

宪宗日思夜想，想出了他的高招：任命一个叫吐突承璀的心腹宦官为制将都统，相当于军队总司令。皇命一出，百官大哗：朝廷的军队居然交给完全不懂军事的异族太监。白居易上奏状反对，惹恼宪宗，差点被赶出京师。太监出征了，朝廷军队与王承宗的军队打了半年不分胜负。昭义（今属广西）节度使卢从义暗中倒戈，宪宗丢了面子且进退两难，三天吃不下饭，跪泣宗庙。已经显示了实力的王承宗趁机上书表示臣服。双方斗了两年，王承宗赢了，官复原职，地盘依旧。

更具讽刺意味的是，宪宗的心腹太监吐突承璀，在当了一回"总司令"之后，开始染指军界。元和十五年他发动政变，要扳倒宪宗，另立皇帝。

唐宪宗这个人，意志力强而处境万分复杂，他时常想到唐太宗李世民，竭力想做中兴之主。太宗广开言路，宪宗也尽量让他的大臣知无不言，言无不尽。这个历史瞬间让白居易捕捉到了，他要干一番伟业，既写奏状又写讽喻诗。不仅他，其他文人如韩愈、柳宗元，也想有所作为。韩愈时任监察御史，他在朝廷力主正气，不惜丢官帽为民请命。

韩愈发起的古文运动,同样是首先瞄准政治的。所谓原道,是要追溯道统的本源,为统治者树立终极性的儒家标准。白居易的目标要具体一些,五十首新乐府因事而发,写给皇帝和高官看。

我读新乐府的印象是:白居易想把他强烈的危机感,传达给养尊处优、不识民间疾苦的统治阶层。

他自己对新乐府的高度评价,并不过分。

我们选几首来看看。摘句,不录全诗。

《海漫漫》:

> 海漫漫,直下无底旁无边。
> 云涛烟浪最深处,人传中有三神山。
> 山上多生不死药,服之羽化为天仙。
> 秦皇汉武信此语,方士年年采药去。
> ……
> 海漫漫,风浩浩,眼穿不见蓬莱岛。
> ……

君看骊山顶上茂陵头，毕竟悲风吹蔓草。

何况玄元圣祖五千言：不言药，不言仙，不言白日升青天！

白居易自序："戒求仙也。"秦皇汉武寻仙，唐朝帝王亦然。武则天、唐玄宗，几十年为寻找神仙而劳民伤财。宪宗也不例外，建庙宇，行佛事，兴师动众。数量庞大的和尚道士都让政府给养起来，等于白吃官俸。韩愈因谏迎佛骨，差点被宪宗处死。白居易在这样的背景下写诗，风险很大。他说话也彻底：骊山的秦始皇陵，茂陵汉武帝的坟墓，不是照样长满了荒草么？何况老子《道德经》五千言，并不讲神仙！在唐朝，老子地位奇高，却不是哲学意义上的，也不像西汉"文景之治"所取的黄老学说。老子变成神仙了，举国顶礼膜拜。博大精深的《道德经》被简化成神仙术，既不激活思想，又不引发宗教情怀。

此诗浅显易懂，一如白居易其他的新乐府诗。

《上阳白发人》：

上阳人，上阳人，红颜暗老白发新。
绿衣监使守宫门，一闭上阳多少春。
玄宗末岁初选入，入时十六今六十。
……
忆昔吞悲别亲族，扶入车中不教哭。
皆云入内便承恩，脸似芙蓉胸似玉。
未容君王得见面，已被杨妃遥侧目。
妒令潜配上阳宫，一生遂向空房宿。
……
莺归燕去长悄然，春往秋来不记年。
唯向深宫望明月，东西四五百回圆。
……

白居易自序："愍（怜悯）怨旷也。"上阳是宫殿名，在洛阳。入选皇宫的美女，无由见皇帝，则移居别处，上阳宫只是其中之一。皇帝占有天下美女，直接提出批评者寥寥。汉武帝后宫八千人，唐玄宗三千，却已是花中选花，实际数字要大得多。宫中美女愁，民间旷夫苦。白居易写宫怨，笔触细腻，希望能打动帝王。同时他写奏状：《请拣放后宫内人状》，从不同的方面劝唐宪宗，将那些年龄大的、不大可能受宠幸的宫女放出去。宪宗听劝，长安、洛阳各放了一部分，却是悄悄进行，分批遣散，因为这破了列祖列宗的规矩。白居易做了件大好事，却不能记功。

诗中提到杨贵妃，讽意明显，和《长恨歌》有不同了。这是站在宫女的角度，哀怜她们的命运。两首诗表达的两种感情俱真实，并读可知人性的多元。自古蛾眉善妒，杨妃想保住她的位置，一如皇帝要守住龙椅。再者，动了情的女人，谁不想把情郎据为己有呢？

《新丰折臂翁》：

新丰老翁八十八，头鬓眉须皆似雪。

> 玄孙扶向店前行，左臂凭肩右臂折。

新丰属陕西，即今之临潼区新丰街道。老翁年轻时，唐军向云南开边，几万人打过去，几千人逃回来。杜甫曾写《兵车行》质问战争的理由，白居易则针对唐宪宗。当时藩镇割据旷日持久，宪宗烦躁，跃跃欲试想打仗，有时昏了头，在军人的裹挟下蛮干。此诗白居易自序："戒边功也。"老翁当年折臂，只为躲避抓兵。

> 是时翁年二十四，兵部牒中有名字。
> 夜深不敢使人知，偷将大石锤折臂。
> 张弓簸旗俱不堪，从兹始免征云南。
> 骨碎筋伤非不苦，且图拣退归乡土。
> 此臂折来六十年，一肢虽废一身全。

老翁是农夫，折臂不用刀，夜深人静，左手拿石头猛砸右臂，砸得血肉模糊，骨断筋连，犹自不吭声。村里人家，还以为谁在捣米呢。

白居易这么写，借折臂翁说事儿，得罪很多新老军人。军营中不乏邀功之辈，他们不会着眼于全局。可是军人的声音大，将军煽动元帅，元帅鼓动帝王。白居易和杜甫不同，杜甫是民间诗人，他却是讲话有分量的朝廷显官，用官场标准衡量：得罪军人何苦呢？

由此可见，他写新乐府，需要多么大的勇气。

《卖炭翁》：

卖炭翁，伐薪烧炭南山中。
满面尘灰烟火色，两鬓苍苍十指黑。
卖炭得钱何所营？身上衣裳口中食。
可怜身上衣正单，心忧炭贱愿天寒。
夜来城外一尺雪，晓驾炭车辗冰辙。
牛困人饥日已高，市南门外泥中歇。

杜甫看穷人，从头看到脚。白居易得其真传，天寒地冻的，却离开温暖的家，将目光投向卖炭的脏老头。他看得深，看得细，也看得远。——这是问题的关键所在，所谓慈悲心肠，一定要刨根问底。粗看，一掠而过，则为自欺欺人，动机不纯的卑鄙者还到处宣称：我们已经看过穷人了！

《卖炭翁》白居易自序："苦宫市也。"

中唐，朝廷有个规矩，宦官出宫购买东西，价格可以便宜一些。便宜到什么程度，朝廷却不讲，于是宦官得以弄权。中唐宦官气焰嚣张，一如其他封建朝代。而眼下的影视剧爱拿皇帝赚钱，让观众熟悉了各类太监，由于吹捧皇帝，太监也跟着沾光。这种寄生于皇权的狐假虎威、张牙舞爪的怪物，倒给人留下几分亲切的印象。

且看白居易写太监：

翩翩两骑来是谁？黄衣使者白衫儿。
手把文书口称敕，回车叱牛牵向北。
一车炭重千余斤，宫使驱将惜不得。

半匹红纱一丈绫,系向牛头充炭直。

骑马来的两个人,穿戴一黄一白,黄的是太监,白的是市井泼皮,人称"白望"。据韩愈记载,长安东西两市,经常游荡的白望多达数百人,专门为太监张望商品。太监来了,手持皇家凭证,边走边呼叫:"宫市喽,宫市喽……"太监以百钱买下值千钱的货物,名为买,实为抢。货主不情愿,吵架以至斗殴,这时白望就一哄而上。

雪地里卖炭的老头,那千余斤炭,经历了多少艰辛?

沉甸甸的黑炭换来薄薄的红纱,大冷天有啥用呢?韩愈说,红纱往往用宫中废弃的"败缯"染成。更有甚者,连货带牛弄走。农夫反抗,要拼命,遭白望群殴,被打得鼻青脸肿,黄衣太监却乐得前仰后合,脸都笑烂了。

白居易一口气写下几十首新乐府,连同张籍、王建等人的新乐府诗篇,在长安流传,官员百姓都在看，有人叫好，有人变脸色。白居易写信给朋友说："不惧权豪怒！"事实上，这群人写新乐府，就是要惹一惹权豪。军人、太监、和尚道士，哪类人都不好惹，白居易却不信邪。京城几乎闹翻天了，扼腕的，切齿的，骂娘的，宪宗皇帝却不表态，虽然他心里同样不舒服。白居易笔锋所指，除了宪宗本人，还包括宗庙供着的先帝。这些新乐府诗贴近民生、主题鲜明，并富于艺术性和平民性，传播的速度比圣旨还快。宪宗想必是咽下了一口恶气。不过，这倒说明他有雅量。他私下对人发牢骚说：白居易不明白朕的苦衷！

什么苦衷呢？皇帝讨好王公贵族、朝廷百官，也是不得已。权豪要奢华，皇帝还得带头。皇帝不带头行吗？

白居易却带头批评，笔锋直指贡品。

《道州民》：

道州民，多侏儒，长者不过三尺余。
市作矮奴年进奉，号为道州任土贡。

道州在今之湖南境内，《旧唐书》说："道州土地产民多矮，每年常配乡户贡其男，号为矮奴。"男人身材矮，就成了土特产，年年送往朝廷，学猴戏，翻跟斗，唱土歌，供皇帝和高官们娱乐。白居易激愤地写道：

任土贡，宁若斯？
不闻使人生别离，老翁哭孙母哭儿！

白居易的目光，延伸至统治集团的生活方式上，《红线毯》追问奢侈品的来源：

宣城太守知不知？一丈毯，千两丝。
地不知寒人要暖，少夺人衣作地衣！

宣城（今安徽宣城）红线毯，是当时的特殊贡品，名冠天下。宣城太守叫刘赞，变尽法子压榨缫丝工人，提高贡品产量，以取悦朝廷。却又压价、剥削，大搞"血汗工厂"。

白居易的吼声仿佛来自杜甫。细读新乐府，我们应当发现，白居易是在什么样的境况中发出他的声音的。

最后一首《采诗官》，直接向君王呐喊：

君耳唯闻堂上言，君眼不见门前事。
贪吏害民无所忌，奸臣蔽君无所畏。
……
君兮君兮愿听此：欲开壅蔽达人情，先向歌诗求讽刺。

《汉书·艺文志》说："古有采诗之官，王者所以观风俗，知得失，自考正也。"

白居易写道：

言者无罪闻者诫，下流上通上下泰。

唐宪宗任他写，没治他的罪。

他高度兴奋，又写十首《秦中吟》，与新乐府同列"讽喻诗"，居于他自己所排列的四类诗中的第一类。

朝野反响巨大。《与元九书》称："闻《秦中吟》，则权豪贵近者，相目而变色矣。"

我们在今天，向白居易致敬。

然而官场文坛的很多朋友劝他：你这么干有啥好处呀？你还要不要前程？白居易的妻子杨氏更不理解他，和他闹别扭，赌气，不吃饭。王建、张籍、元稹来访，杨氏作为女主人，却没个好脸色。

夫妻之间几乎针尖对麦芒了。半夜里吵架，杨氏恶声发预言：你要倒霉、要倒霉……

七

元和五年（810），白居易果真倒霉了。

忽然有一天，白居易接到圣旨，调任京兆户曹参军。宪宗不让他再干左拾遗，切断了他的言路。家里堆着的谏纸，一夜之间成废纸。官品倒是上调了，正七品，掌管京兆府的户籍、租税，也算肥缺，贪官庸官乐意干的，可对白居易而言，却是沉重打击。他感到苦闷，不仅出门受奚落，回家还要受妻子嘲弄。

第二年（811），白居易母亲去世。在渭上丁忧期间，他活泼可爱的三岁的小女儿又被病魔夺走生命。白居易痛苦万状，舆论却找到新的攻击点，说他的新诗不避母讳，是为不孝。流言甚毒，因为贪官庸官都乐于传播，并添油加醋。

白居易丁忧结束回到朝廷，任太子左善赞大夫，是个闲职，活动范围仅限于东宫，不得臧否朝廷得失。对御用文人来说，这也不错，官居六品，每日跟随太子，宴乐游冶，吟诗作赋。有身份，有才华，有名望，按部就班地做，不怕跌跟头，长享荣华富贵，并且封妻荫子。元稹是个例子，他在左拾遗及监察御史的任上吃了亏，两度贬出京师，于是学乖了，收敛锋芒，转与宦官合作。元稹写的新乐府，和白居易相去甚远，立场模糊。

白居易不模糊，他立场清晰。人在东宫，却瞅着朝廷。

他四十多岁，是哪种人，是生就了的，换个词叫禀性难移。

元和十年（815）的夏季，长安发生了一件大事：宰相武元衡被人杀死在街上。谁杀的？出于什么样的杀人动机？杀手有没有官府背景？满城都在议论，朝廷的气氛骤然紧张，武元衡的政敌和盟友备受关注。宰相死了，权力格局肯定会有变化，聪明的官员按捺着性情，静观其变。

官员的智力、精力紧紧围绕着乌纱帽，历朝历代屡见不鲜。为什么？官场的诱惑实在太大。

一顶乌纱帽，比性命还重要。

在官场老油条看来，白居易对武元衡事件的反应愚不可及：白氏竟然很激动，在不同的场合大发议论。太子也不理解他，对他说：我看你读杜甫读得太多了。

白居易跟随太子，应该多读司马相如。戒掉新乐府、《秦中吟》，凑趣帮闲显示能耐，太子登基之日，便是他大红大紫之时。从机会成本看，不是比花大钱谋取相位的王锷划算得多吗？

白居易却要发议论，写奏状，认为宰相被暗杀在大街上是国耻，应当彻查杀手和躲在幕后的主使者。诗人真性情，在这个节骨眼上授人以柄。估计他做善赞大夫做得憋屈，碰上突发事件，条件反射般地蹦起来了。官场那一套他不是不懂，是另有读书人的良知牵引着他，不写奏状，断不可能。史料说，他是第一个因武元衡被刺案而上疏的。左拾遗、御史大夫未开口，他倒抢先发言了。官员们互相询问：这个白居易想干什么？想借死人出风头？

于是，针对白居易的奏状，有几个人同时向皇帝进言，说他"越职言事"。朝野上下对他一片嘘声：围攻他的机会终于来了。他写了那么多新乐府，好像看谁都不顺眼。讽喻诗在全国流传，让官员露出丑态，让皇帝失掉颜面，各地士子传播、百姓争看，这个白居易，想破坏秩序搅乱天下吗？

白居易一封奏状递上去，招来无数攻击。积怨的爆发来势凶猛，他显然始料未及。只知以前得罪过人，但得罪到什么程度，得罪面有多大，他并不清楚。所谓伸张正义，是不会考虑太多的，写讽喻诗，不会去充分掂量这对个人前程将产生多大的负面影响。

白居易是那个年代的公共知识分子，志在"兼济天下"。

有良知并能发出声音的知识分子，与全社会的健康向上干系重大。所谓有良知，说得简单一点，就是讲公道，能跳出自己的利益圈。拿这个标准去衡量白居易，他完全合格，并且，堪称楷模。

然而宪宗降罪于白居易，将他贬为江州司马。

这一年白居易四十四岁。亲者痛仇者快。家里乱成一锅粥。杨氏整天绷着脸：老公生事惹祸，她跟着倒霉。娘家人埋怨她，她埋怨白居易。江州是个什么地儿呀？距长安三千里之遥，又穷山恶水。长安多舒服。她家住长安南面的永昌坊，皇宫近在咫尺，曲江波光粼粼。她在贵妇们中间已经有了一个交往圈子，可是眨眼间一切都没了，孩子们也跟着受苦，不得不远离熟悉的环境。

官场中的议论更难听。白居易长吁短叹。他掂量朝廷黑暗的程度。朝廷现状离他的政治理想太遥远了。小人活蹦乱跳，扰乱圣上的视听。他快老了，面有皱纹，鬓生白发，三十年抱负从此付东流。

白居易的悲观情绪，往往来得突兀，去得缓慢。这几年诸事不顺，他有点撑不住了。他的性格像杜甫，但缺了杜甫的坚韧。他悲天悯人如同三百年后的苏东坡，却没有东坡的百折不回。有些东西是与生俱来，笑对人生坎坷，其实是很难做到的。不必责怪白居易的消沉，何况他并非一沉到底。他身上还有一种基因：文化的基因，时机一到就会显形。

这年十月他写下了著名的《与元九书》，洋洋数千言。从中可以看出他的明显转向，他认真打量自己的诗歌艺术。写《长恨歌》之后，算来已近十年，其间大量写作是用语言去干预生活。诗分四类，他恰好看重这一类，并引以为骄傲，即使贬官也不后悔。文章声情并茂，看得出情绪的高强度挤压与释放，这是严格意义上的好散文。

深入的关切方能展现胸怀，古今皆然。

皇帝诏令一下，白居易全家卷铺盖，去往江州。

也许白居易自己还没发现，他的艺术已随着他的沮丧悄然转型。

八

江州治所浔阳，即今之江西九江。司马为刺史的副职，由于白居易是贬官，基本上有职无权，官居五品下阶，比刺史还高半级，俸禄丰厚。赴贬所途中他一路写诗。司马官舍在浔阳城西，面临大江。官舍想必不错，他却写《司马宅》云：

雨径绿芜合，霜园红叶多。
萧条司马宅，门巷无人过。
唯对大江水，秋风朝夕波。

长安的门庭若市，衬托着眼前的萧条。

他着手整理自己的诗集，写诗柬寄元稹和李绅："世间富贵应无分，身后文章合有名。莫怪气粗言语大，新排十五卷诗成。"李绅这个人，当时名头响，文坛传言，白居易写诗多受他的启发。"气粗言语大"，是指白居易在《与元九书》中对自己作品的评价。他是不避自夸的，确认的好东西，何必谦虚。善于发现自己的长处，并不意味着看别人专看短处。严格意义上的实事求是，乃是对人对己取同一种目光。李白几十年高视阔步，杜甫对古往今来的诗文心中有数，他们都不谦虚。谦虚的美德源自孔夫子，所谓谦谦君子，待人接物不倨傲。其实孔子本人，内心是非常骄傲的。他清楚骄傲与谦虚的边界，而后世的儒生大都模糊，生怕失掉美德，不分青红皂白，一味地谦虚。眼下绕来绕去的假谦虚随处可见，也许是孔圣人思考不彻底的一种后果吧。中国人的"温文尔雅"，值得深思。

就源头性的理解而言，骄傲与谦虚不是一对冤家。不懂得骄傲，便不知谦虚为何物。反之亦然。

白居易自编集子传世，则是汲取李杜的教训。李白随写随扔的习惯，让多少人为之叹息。杜甫经战乱颠沛至死，作品散佚大半。白居易条件好，怎能让作品失传！

浔阳有陶渊明故居，白居易写《访陶公旧宅》，自序说："经柴桑，过栗里，思其人，访其宅，不能默默。"

诗中写道：

> 我生君之后，相去五百年。
> 每读五柳传，目想心拳拳。
> ……
> 不慕樽有酒，不慕琴无弦。
> 慕君遗荣利，老死在丘园。
> ……
> 每逢陶姓人，使我心依然。

心中想见其人，于是称目想，这应该是通感。一般选本释为目望，恐不确，有失韵味儿。陶渊明有琴无弦，估计是弦断了，懒得去修它，写诗说，"但识琴中趣，何劳弦上声？"此二句写琴趣，是经典中的经典。

白居易在渭村丁忧时，曾写《效陶诗》十六首。此间居江州，陶渊明又来照面了。不过他做着州官，和渊明不同，一如他看人间苦难，不及杜甫的深入与持久。白居易是性情温和的男人，有政治理想，有底层关切，于二者亦具备战斗性，不乏韧性。而所有这些，乃是中国杰出文人的共同的，也是核心的特征。所谓传统文化，文脉更兼血脉，历代文人是传承与开拓的主力军。很难想象，如果中国历史他们缺席，将导致什么样的局面。

卡西尔好像阐释过：文化高于个体生存。补之以荣格的集体潜意识学说，或能针对历史文化，生发许多新问题。

白居易的战斗精神，在江州是不大派得上用场了。他隐匿于山水之间，调整心理落差，慢慢等待机会。他写诗，又写又编，这挺好的。官场文坛两栖，一边压抑了，另一边却呈喷发之势。酒、琴、诗，三者环绕着乐天派的中年男人。

但是缺了一样东西。缺什么呢？缺了一个著名的、大写的汉字：情。

此时白居易身边的杨氏，仿佛变成了一架数落机器，言语数落，表情数落，连走路的姿势都在传达她的数落。她本不读书，认得的字又忘去大半，当年的贵族小姐，眼下却成了村妇，甚至连村妇都不如，村妇有许多优点呢。白居易也懒得跟她提什么杜甫的杨氏、陶渊明的翟氏了。说了没用，说够了。然而白居易妻子杨氏同样说够了，说烦了。夫妻都想教育对方，观点相反，各不相让。于是，话不投机半句多。天长日久，那半句也没了踪影。

如何是好？写诗吧。白居易写了一首诗，题目就叫《感情》：

中庭晒服玩，忽见故乡履。
昔赠我者谁？东邻婵娟子。
因思赠时语，特用结终始。
永愿如履綦，双行复双止。
自吾谪江郡，飘荡三千里。
为感长情人，提携同到此。
今朝一惆怅，反覆看未已。
人只履犹双，何曾得相似？

可嗟复可惜，锦表绣为里。

况经梅雨来，色黯花草死。

    从西北走到江南，三千里带着一双绣花鞋。谁送的？婵娟子，即漂亮姑娘。白居易保存这双鞋，少则十几年，多则二十几年。杨氏数落他，他走一边去了，原来是去看他宝贵的、贴心贴肺的绣花鞋，不知看了多少遍。是谁让他惆怅？多半是老婆。诗题"感情"，感作动词用。

    婵娟子漂亮而泼辣，送鞋、赠语，指出鞋子要成双，鞋和鞋带要永远缠绕在一起。鞋是爱情信物，白居易把婵娟姑娘赠送的鞋，十年二十年带在身边，这能说明很多问题。

    妻子在眼前晃动，志不同、道不合、言不顺，形同陌路。

    白居易往外跑，反正理由多：开会，迎客送客，盘桓州县……早出门晚归家，归家跟跟跄跄倒头便睡。

秋天来了。浔阳山清水秀,秋天更像秋天。草木多,水域广,方有落叶纷纷下,秋声不绝于耳。我们的陷入苦闷的诗人,这一天接一天的,如何排遣?

《琵琶行》赢得了一个契机。天才作品不期而至。

> 浔阳江头夜送客,枫叶荻花秋瑟瑟。
> 主人下马客在船,举酒欲饮无管弦。
> 醉不成欢惨将别,别时茫茫江浸月。
> 忽闻水上琵琶声,主人忘归客不发。
> 寻声暗问弹者谁?琵琶声停欲语迟。
> 移船相近邀相见,添酒回灯重开宴。
> 千呼万唤始出来,犹抱琵琶半遮面。

全是好句子,真想一引到底,包括它的序言。

喝酒无管弦,于是醉不成欢。还说"惨将别",显然为歌女的出场作铺垫。枫叶、荻花、江月、主与客、马和船，均被秋瑟瑟三个字所笼罩。"悲哉秋之为气也"，秋气弥漫于何处？当然在方寸之间。诗人者，盖于四季之风物体察细腻者也。

琵琶女的出场，韵味儿十足，与秋瑟瑟完全合拍。她为何迟迟不出来？因为她年龄大了，红颜付与秋风。她一腔幽怨。"春花秋月何时了？往事知多少？"汉武帝的李夫人，生病躺在床上，武帝探望她，她用被子蒙住脸，死活不松手。这位倾城倾国的佳丽后来对人哀叹说："以色事人者，色衰而爱弛！"

而白居易既能感受秋天，又能体会色衰女子的情态。

>转轴拨弦三两声，未成曲调先有情。
>弦弦掩抑声声思，似诉平生不得志。
>低眉信手续续弹，说尽心中无限事。
>……
>轻拢慢捻抹复挑，初为《霓裳》后《六幺》。

> 大弦嘈嘈如急雨,小弦切切如私语。
> 嘈嘈切切错杂弹,大珠小珠落玉盘。

元和十年的《与元九书》,表明白居易并不擅长琴事。这是他到江州的第二个秋天。他学琴,留意管弦,正与《琵琶行》的写作同期,所以用了不少专业术语。转轴,俗称定弦。拢、捻是指法,即扣弦与揉弦。抹是顺手下拨,挑是反手回拨。琵琶弹奏的两首曲子皆有"散序",轻轻的,柔柔的,如月色溶入江水。琵琶女的生命中只剩下琵琶了,琵琶挽留过去的时光,叹息黯淡的当下与未来。她哀怨,只因她始终活在对照之中,活在生命的灿烂与凋谢的反差之中,她不认命才不得志。什么志呢?显然是嫁个好丈夫,爱她疼她欣赏她,有时间陪她,使她原本不凡的生命得以洋溢。"三两声""信手弹",琴技炉火纯青,却反衬情路堵塞,琴与情,背道而浑成。

冰泉冷涩弦凝绝，凝绝不通声暂歇。

别有幽愁暗恨生，此时无声胜有声。

沉默，显现了情路堵塞，并作短暂的，也是永恒的停留。她的人性情态，就是如此这般，只有过去，不复有未来。

突然，琵琶声又起。

银瓶乍破水浆迸，铁骑突出刀枪鸣。

曲终收拨当心画，四弦一声如裂帛。

东船西舫悄无言，唯见江心秋月白。

什么东西在震撼人？是她的命运。

她站起身了，"整顿衣裳起敛容"，在陌生的知音面前，她尽情表达，又不失礼数。也许她三十多岁，往后余生，知音再难邂逅。对她来说，这是多么难得的一次邂逅。

陌生与邂逅，乃是男女间的经典情态之一，

其瞬间的交流有如原子裂变。没有后文。白居易有妇,琵琶女有夫,然而此情此景,二人终身不忘。

我们听她讲命运:

> 自言本是京城女,家在虾蟆陵下住。
> 十三学得琵琶成,名属教坊第一部。
> 曲罢曾叫善才服,妆成每被秋娘妒。
> 五陵年少争缠头,一曲红绡不知数。
> 钿头银篦击节碎,血色罗裙翻酒污。
> 今年欢笑复明年,秋月春风等闲度。
> 弟走从军阿姨死,暮去朝来颜色故。
> 门前冷落鞍马稀,老大嫁作商人妇。
> 商人重利轻别离,前月浮梁买茶去。

这些句子,透出多少烟花女子隐忍的辛酸。

我们听白居易发感慨:

> 我闻琵琶已叹息,又闻此语重唧唧。

> 同是天涯沦落人，相逢何必曾相识！

一个是失意的高官，一个是沦落的歌女，身份悬殊，地位迥异，但白居易眼中却没有这些。他看到命运捉弄人，琵琶女色衰守空船，自己年纪也大了，待在浔阳这地方，辜负平生抱负。"相逢何必曾相识！"一句话说尽各自境遇，以及白居易对琵琶女的尊重。我估计，二人一见面，便有异样的好感。歌女从"千呼万唤始出来"，到"嘈嘈切切错杂弹"，表明她弹琵琶，继而向陌生男人倾诉，经历了一个曲折的过程。她自重，也赢得了白居易的高度尊重。

轮到白居易向琵琶女倾诉了：

> 我从去年辞帝京，谪居卧病浔阳城。
> 浔阳地僻无音乐，终岁不闻丝竹声。
> ……
> 今夜闻君琵琶语，如听仙乐耳暂明。

莫辞更坐弹一曲，为君翻作《琵琶行》。
感我此言良久立，却坐促弦弦转急。
凄凄不似向前声，满座重闻皆掩泣。
座中泣下谁最多？江州司马青衫湿。

白居易一席话，令歌女大为感动。她见过的官员不计其数，谁曾对她这样？二人互为知音，提升到命运的层面了。良久立，良久是多久，五分钟还是十分钟？心中无限事，涌向喉头与指尖。这"涌向"何其不易，她五脏六腑的积郁得以倾泻而出。良久立，立于白居易的杰出诗篇，也立在我们的心头。我是觉得她太美了，愿她美到八十岁，美到入棺，美到冉冉升至白云端。

《琵琶行》六百多个字，把两个人的命运和盘托出，交互黯淡，又相映生辉，黯淡与辉煌，同时照亮浔阳江头的秋夜。佳句比比皆是，仿佛随手一划，就传向千万年。

这首长诗，再一次显示白居易对女子命运的

深度关切。他能看到细微之处。而在细看的背后，总有什么东西在支撑。犹如陶潜爱丘山，李白找神仙，杜甫死死盯住人间苦难，各有强大而持久的支撑点。

艺术不是别的，艺术就是深入。巨大的关切以细微的方式进入，将生存的所有环节纳入眼帘。

从《长恨歌》到《琵琶行》，刚好过了十年。三十五岁情爱大喷发；四十五岁，跃上另一座相同高度的艺术之巅。

九

白居易居江州四年，奔五十的人了。州司马一职颇为奇怪，不仅闲，而且自由。州府其他官员，包括刺史在内，都受到朝廷的制度的各种约束，比如刺史大人擅离辖区，要挨打，打得皮开肉绽。据《唐律·职制》："刺史私出界，杖一百；在官应值不值，应宿不宿，各笞二十；通昼夜者，笞三十。"杖用木棍打，笞用鞭子抽。白天该上班不上班,夜里该守夜不守夜,都有鞭子伺候。刺史尚且如此,刺史以下的列曹(功曹、户曹、仓曹、兵曹、士曹)可想而知。上级经常派人下来检查,上级是镇节度使或观察使。当时藩镇割据很厉害,朝廷必须对地方长官严加管束。白居易几次目睹了刺史趴在地上挨棍子,既替领导难过,又为自己窃喜。《江州司马厅记》说:"惟司马,可以绰绰从容于山水诗酒间……苟有志于吏隐者,舍此官何求焉?……官足以庇身,食足以给家。州民康,非司马功;郡政坏,非司马罪。无言责,无事忧。"

文章写于元和十三年(818)。白居易发明了一个词:吏隐。由于这个发明,不少学者批评他,说他开始了"独善期"。其实他也没办法,不是不想兼济天下。但他能干什么呢?领了工资去接济穷人?当时好像没有这种财产观念。不干事却拿高工资,"月俸六七万",他也问心有愧,《江州司马厅记》,意含申辩,为自己处境找理由。儒家的"用世",有完整的进退体系,白居易徜徉其间,承先启后。他的指导思想很明确,说明他的生存思路清晰。文人的进与退,有个体差异。范仲淹"先天下之忧而忧,后天下之乐而乐",苏轼贬惠州,无职无权,却千方百计为百姓做事。白居易和他们比,少了一点韧性。他的形象靠近欧阳修,性情偏于阴柔。他写诗,盯紧了一个情字,所谓"根情、苗言、华声、实义。上自贤圣,下至愚骏,微及豚鱼,幽及鬼神;群分而气同,形异而情一"。他认为情是根本,情贯穿一切,包括动植物和鬼神。沿着这条路往下思索,李贺写诗感慨:"天若有情天亦老。"白居易不仅"居易",而且乐天易,动情易。可能他的泪腺比较发达,能哭。他发现了情,情为他敞开了一个广阔天地,却"既敞开又遮蔽"。他没有杜甫的浑阔意境,万千气象。

上述两个方面(进与退,用情与超越),也许能接近白居易的个体特征。

眼下他是五品高官，比他父亲当年的官阶高出几级了。他为家族争了这么大的光，忍不住欣慰，要优哉游哉。人一旦积了念想，就会想方设法逐一实现。不必责怪他在江州写下大量的闲适诗。七八年前渭村居丧，闲适已露端倪，《得袁相书》云：

谷苗深处一农夫，面黑头斑手把锄。
何意使人犹识我，就田来送相公书。

当时他拮据，下地干农活，却忽然得到宰相送来的一封书信，意外之喜溢于言表。

杜甫在成都盖草堂，"窗含西岭千秋雪"。白居易在江州也建草堂，推门望见庐山香炉峰。白居易又有东坡，启发了贬黄州时的苏轼。白居易在《草堂记》中说："是居也，前有平地，轮广十丈；中有平台……台南有方池……环池多山竹野卉，池中生白莲、白鱼。又南抵石涧，夹涧有古松、老杉,大仅十人围,高不知几百尺。"

白居易的草堂,比杜甫草堂好多了。

《南湖早春》:

> 风回云断雨初晴,反照湖边暖复明。
> 乱点碎红山杏发,平铺新绿水蘋生。
> 翅低白雁飞仍重,舌涩黄鹂语未成。
> 不道江南春不好,年年衰病减心情。

这首七律写南湖(鄱阳湖)雨后早春,能混淆杜甫的草堂诗作。审美传承,可见一斑。

闲而自适不容易,但白居易轻描淡写地做到了。古代文人,享受闲适的能力令人惊讶,而现代人却普遍面临无聊的威胁。古人活得认真,不同层面的生活都有大致完整的"生活之意蕴层":信仰、道德、情趣、风俗。这个意蕴层环环相扣,非常重要。胡塞尔现象学意义上的"生活世界",大约与此相关吧?

今人陷入欲望怪圈，年复一年"闲不适"，但愿是阶段性的，只是前进道路上的挫折。回头学习古人，前路方能畅通。如同欧洲人，不断地学习古希腊。要进步，后退是必要的，甚至是必须的。我们的生活，同样需要"回行之思"。

白居易在江州，扎扎实实地过了几年闲适日子。有钱，有朋友，有自由。全国几百个州司马，没几个能像他那样，他是闲而自适的领头雁。长安、洛阳、扬州，盛传他的新诗、草堂和优哉游哉。

这几年，他和妻子杨氏，总的说来关系不错，写文章提到她时，教训的口吻消失了。

接下来，白居易将担任三个州的刺史，为民干实事，蓄妓享艳福，将同时出现在他的生活之中。

十

元和十四年（819）春，白居易离开江州，赴忠州任刺史。刚来时牢骚满腹，看山山穷，看水水恶,现在要走了,却又依依不舍。近四年他游遍周遭,寸寸贴近山和水的肌肤,写下大量诗篇。人与人相处,日久生情,人与山水亦复如是。他能带走诗篇,可不得不撇下草堂。草堂同样是他的作品呢,千百个日夜,与之共朝夕。当初精心营造它,本打算住个十年八年,可是诏令一下,人就得上路。这叫宦游,仕途如旅途。白居易并未托朋友在京城活动。乐天知命,一切随缘。在江州,他频繁游寺庙,和僧人道士交朋友。文人失意时,一般都这样,寺庙是他们的精神避难所。

忠州远在蜀地山区(今重庆市忠县),白居易赴任所,沿途写诗。《题岳阳楼》:

岳阳城下水漫漫,独上危楼凭曲栏。
春岸绿时连梦泽,夕波红处近长安。

他想念长安。《过昭君村》则对王昭君寄予深情:

> 灵珠产无种，彩云出无根。
> 亦如彼姝子，生此遐陋村。
> ……
> 竟埋代北骨，不返巴东魂。
> ……
> 妍姿化已久，但有村名存。
> ……

古人认为龙、凤、蛇、贝皆产珠，故诗中说"产无种"。又《述异记》载："越俗以珠为上宝，生女谓之珠娘，生男谓之珠儿。"王昭君葬于今之呼和浩特市南。她生于湖北秭归县，古属巴东郡。杜甫过昭君村时，也曾惊讶当地女人长得不好看，却出了一位绝代佳人。白居易想了长安又想佳人，神往昭君艳质，而过不了多久，他的长安梦、佳人梦，将双双落到实处。

到忠州做刺史，时间虽不长，但白居易整顿地方行政，宽刑均税，奖励生产。均税是说，享有特权的官僚地主阶层和普通百姓一样要纳税。中唐以后，大地主兼并土地成风，往往勾结官府，逃租避税，巧立名目，把赋税转嫁给中下阶层。白居易要动一动这个利益格局。这是他第一次做地方行政长官，正好实践一下政治理想和政治勇气。仅一年，忠州变样了，吏风带动民风，犯罪率减少，粮食产量上升。豪强忍气吞声，表面还得恭维他的政绩。百姓巴望他留下，虽然明知是留不住的。

繁忙的政务之余他照例写诗。《东坡种花》，把培育树木的道理和管理州郡的方法联系上了。可见他在思索如何把州务做得更好。唐代州郡以人口的多寡分为三等，江州属上州，忠州沿大江分布，山多人少，属下州。

忠州任期未满，朝廷调他回京。他踌躇满志，又一再迁升，升至中书舍人，在皇帝身边起草诏令。然而朝廷已是今非昔比，宪宗死，穆宗立。这穆宗比宪宗又差了一截，遇事毫无主见。

于是党争又见激烈，藩镇再起叛乱。——在唐朝的政治格局中，这是一出老戏了。白居易针对军政大事屡上奏状，没用，皇帝的耳边声音太多。他五十多岁了，一向情绪化，老来更甚。长安再好他也待不下去了，请求外放做地方官。皇帝准奏。

长庆二年（822），白居易转任杭州刺史。

在杭州做一把手，他和在忠州一样政绩斐然。修西湖水利，浚杭州六井，充分利用朝廷给的权力，为人民做好事，不怕得罪既得利益集团。这些事，史料记载明确，并非后人溢美之词。大文人干地方官，几乎全都出色。政坛显然需要理想主义者，以免一味讲现实的官僚成气候，整体滑向市侩主义。

杭州风景多美，女子多漂亮。为政之余，他除了写诗、喝酒、访僧问道，也把目光投向莺啼燕舞的歌舞场所。著名的樊素、小蛮，就是此间收入他的后花园的。关于白居易和女人，后面再细谈。这不是一个可以轻易带过的小问题。

白居易为杭州留下一首诗和一首词,俱称绝唱,不在苏东坡咏西湖的名篇之下。今日西湖有苏堤与白堤,携同他们的好诗词,传向千万年。我们先看《忆江南》:

江南好,风景旧曾谙。
日出江花红胜火,春来江水绿如蓝。
能不忆江南?

这首词人人能背,我们再看七律《钱塘湖春行》:

孤山寺北贾亭西,水面初平云脚低。
几处早莺争暖树,谁家新燕啄春泥?
乱花渐欲迷人眼,浅草才能没马蹄。
最爱湖东行不足,绿杨阴里白沙堤。

好诗尽显好心情，钱塘秀色来笔端。早莺、新燕、乱花、浅草……真是美得不像话。身在柔媚无以复加的山水之间，心情不好才怪呢。花色女色谁更好？不知也。

在《代卖薪女赠诸妓》中，刺史兼诗人的白居易，将蓬头垢面的卖柴女孩儿和穿红戴绿的官妓们一并收入笔端：

乱蓬为鬓布为巾，晓踏寒山自负薪。
一种钱塘江畔女，著红骑马是何人？

明朝《尧山堂外纪》载："唐时杭妓，承应宴会，皆得骑马以从。"官妓有不少规矩，骑马相随是其中一种，便于召妓的官员们忽东忽西。贫家女、烟花女，都是白刺史治下的女子，垢面与红颜形成对比。白居易代卖薪女写诗赠予诸妓，他是什么意思呢？希望卖薪女卸下柴禾骑上马？怜香惜玉能这样吗？

不管怎么说,一个唐朝男人产生这种念头,再正常不过了。

在杭州做官一年半,又要走了。官民都来相送,惜别如忠州。值得注意的是,白居易写《别州民》,情绪有些低落:

耆老遮归路,壶浆满别筵。
甘棠无一树,那得泪潸然?
税重多贫户,农饥足旱田。
唯留一湖水,与汝救凶年。

甘棠源于《诗经》,是庶民感激官员的象征物,白居易此处自谦,说自己在杭州作为少,不值得州民为他流泪。杭州一带春雨多秋雨少,常闹旱灾。白居易曾利用西湖,筑高堤坝,春蓄水,秋放水,以灌溉千顷良田。然而杭州赋税重,一如忠州,豪强势力却又过之。白居易整顿行政方始,朝廷的调令来了。继任的刺史是说不准的。

州民送他,老幼拦道哭,他心里也明白,所以说:"唯留一湖水,与汝救凶年。"

在回朝廷的路途中,升官诏书已至。其间穆宗却死掉,敬宗坐龙椅。这小皇帝年仅十六岁,贪玩、乖张,朝政付与一帮宦官。白居易走到洛阳停下了,不愿到长安。

宝历元年(825)三月,白居易改任苏州刺史。他勤政为民如故,并且拖着病体。吴地是他早年流浪的地方,触景生情,进而感伤,似乎水土不服,一病再病。他努力工作,实在撑不住了,请求离任。北上的那一天,全城百姓送他,刘禹锡写诗说:"苏州十万户,尽作婴儿啼。"这句诗显然有夸张,十万户,几十万人了,尽作婴儿啼是何等场面?民众爱戴白居易却是不掺假。

黑压压的小民哭成一大片,哭声透出皇权下老百姓的无尽辛酸。

北上途中,白居易惊闻噩耗:小皇帝被宦官刺杀。而民间盛传宪宗皇帝也是死在太监手里。

白居易边走边哭，哭皇帝，更哭多灾多难的大唐。贞元、元和几十年，多少人为重振大唐雄风而殚精竭虑、冒死进谏、拼杀叛军、忘我工作呀。

泪尽北望，白居易对政治空前失望。

帝国大厦将倾，凭几个仁人志士，力量太小了。太监大手可遮天。

文宗李昂上台，下大决心着手对付太监，也搞暗杀，密令宰相精心策划。然而策划不周密，宰相反被太监们置于死地。另一边，高官之间争斗激烈，姓牛的斗姓李的，闹得朝廷乌烟瘴气。有些人已经斗了大半辈子，仍然斗志旺盛，一说政敌眼就亮，胜过乌眼鸡。

结党搞斗争，有瘾的。尤其在皇权衰减的时候。

白居易不搞党争，官倒越做越大，后来做到太子少傅，正二品了，俸禄极为丰厚，却经常闲着。他写诗自嘲，有时想到田里的农夫，但照样过他锦衣玉食的日子，乐于宴乐，疲于应酬，习惯了上流社会的生活方式，内心冲突大大减少，艺术生命趋于终结。但他不自知，编诗集格外起劲，享受巨大的文坛声誉。不过，文坛向来有传说，他和韩愈是互不买账的：张籍撮合他二人见面，最终也未能成功。写诗唱和，但就是不见面，有一回韩愈主动邀约，白居易不去。

此间白居易自号醉吟先生，学陶渊明写《醉吟先生传》，朝堂文坛广为流传。大权臣如裴度、牛僧孺等，以醉吟先生称呼他。

白居易五十八岁时再得一子，取名崔儿，爱如掌上明珠。崔儿长到三岁，生病，一命归西，就像十几年前那个刚满三岁的女儿。这老父亲哭天抢地：

> 书报微之晦叔知，欲题崔字泪先垂。
> 世间此恨偏敦我，天下何人不哭儿？
> 蝉老悲鸣抛蜕后，龙眠惊觉失珠时。
> 文章十帙官三品，身后传谁庇荫谁？

元稹字微之，晦叔是另一个人。

白居易从此无子嗣。这么大的家业传给谁呢？白居易身边早已美色如云，但他并未把她们弄成二房三房。他与杨氏不能相知，却与她生儿育女。

同年，元稹也死了，五十几岁。白居易得知消息后当场晕倒。当时他在洛阳，抚元稹棺木痛哭，写祭文道："呜呼微之！六十衰翁，灰心血泪，引酒再奠，抚棺一呼。"又写诗祭奠："今在岂有相逢日？未死应无暂忘时。"他受元稹家人委托撰写了墓志铭，元家厚赠财物，他不收。刘禹锡出面劝他，他才收下这数字庞大的润笔费，转赠他常去的香山寺。他是香山寺的居士，人称白香山。

白居易长居洛阳。远离长安的是是非非。

六十八岁时，白居易得了中风，几个月下不了床。他送掉心爱的坐骑，因为他骑不上去了；遣散诸妓，她们的青春活泼与他的病歪老朽实在是反差太大。樊素不愿走,小蛮也要留下,白居易唤她们到病榻前,劝导她们,言辞恳切,几番抹泪。她们都是杭州人,跟他十余年了。双方达成妥协:两个多情吴女在洛阳白氏府第又住了几个月。

白居易强撑病体,看樊素小蛮唱歌跳舞。他写诗说:

> 两枝杨柳小楼中,袅娜多年伴醉翁。
> 明日放归归去后,世间应不要春风。

这首小诗是很多学者诟病他的根据。

眼下有个流行语,管这叫"老牛吃嫩草"。而在古代,大家对此可以为常。

白居易遣散诸妓是明智的,他没有胡搅蛮缠。他对家妓好,有一年在长安,一个姑娘走丢了,他满城贴告示寻找。女孩子们离开他各得厚赠,欢天喜地又依依不舍,一步一回头。

七十一岁，他以刑部尚书致仕，退休金是该职的一半，相当于四品官的俸禄，随意花销也花不完。他不守财，致力于慈善事业，比如出巨资开凿洛阳龙门八节滩，以利漕运。那地方滩险流急，又是商船必经之地，常有船翻人亡发生。

白居易晚年幸福，常和另外八个从高位上退下来的老头雅集，画工作图，称"九老图"。白居易七十四岁，年龄最小。据记载，其中有个一百三十六岁的，尚能混迹于一群舞伎走几步。

会昌六年（846）白居易卒，享年七十五岁，葬龙门山。洛阳人及四方游客常祭奠，墓前经年泪不干。有人专程从遥远的忠州赶来……

三年后杨氏还活着，请李商隐为白居易写了墓志铭。据说这是白居易的遗嘱。李商隐才高、贫穷、性子倔。写墓志能心安理得享受一笔生活费。文坛大师去世，仍惦记后来人。杨氏卒年不详。

十一

白居易今存诗二千八百余首，文赋亦多。他写诗，同时注重理论。在杜甫诗中露出的苗头，在白居易这发扬光大。而把诗与政治搅在一块儿，讽时弊，谏君王，他又做了杜甫想做而做不到的事。他显然有全面继承杜甫的志向，但就讽喻而言，他走得更远。新乐府、《秦中吟》，由于他的才气而不至沦为口号诗，有些诗非常感人。感人是说：需透过他精当的句子，抵达他的内心。他对人世间的苦难忧心忡忡，有时甚至感同身受。如此情怀，在历朝历代的意义不言而喻。他赞美李杜说：

天意君须会，人间要好诗。

这话对他本人同样适用。

就整体气象而言，白居易不及杜甫的博大与雄浑。我从杜诗转到白诗，落差感明显，虽然这感觉尚须进一步的验证。也许他写诗的志向过于明朗；也许他主题先行，有利有弊。更有一层：他看苦难，看人间不平，究竟是和杜甫不一样的。浸淫官场太久，他的视力下降了，视域收缩，视线模糊。

白居易把士大夫的艺术拉向平民，是他意在讽喻的逻辑结果。要尽可能地扩大影响面，不这么干是不行的。他十分成功，《与元九书》不无自豪地说："自长安抵江西三四千里，凡乡校、佛寺、逆旅、行舟之中，往往有题仆诗者；士庶、僧徒、孀妇、处女之口，每每有咏仆诗者。"

由此可见当时的文化繁荣，普通人对汉字、对汉语艺术有很好的感受力，自费刻印诗集者屡见不鲜。

白居易掀起的新乐府运动，有一些效用他自己也是始料不及的。以诗干政，这在今天看来是太浪漫了，但浪漫却有结果。他标新立异，不乏标新立异的条件和理由。文坛与政坛是近邻。学而优则仕，读书人有话语权，有自信心。惹权豪劝皇上的前提，是能惹能劝。

公共知识分子层出不穷，越过唐末乱世，直接影响了北宋。正是由于伟大的新乐府运动，白居易成为中国古代公共知识分子的杰出先驱。

唐朝臻于成熟的市民社会，对各类艺术的发展起到了推动作用。高雅与通俗，并无严格的分界。犹如城市与乡村不存在二元分割。白居易常听书、看伶人演戏、观赏音乐舞蹈、叩访山川寺庙，他的趣味是多方面的。到民间汲取养料，已是一种高度自觉的行为。中唐文人多如此。一大批艺术巨匠应运而生。帝国呈颓势，文化却蒸蒸日上。维系帝国的那些东西随时面临着大崩盘，而文化源远流长。

白居易的诗还流传到国外，日本、印度、朝鲜，他的诗集能卖钱的。日本不止一位天皇对他的诗爱不释手。

十二

末了，说说白居易和女人的关系。

白居易对妇女们是否读他的诗很关注。事实上，他为各类女人写诗，注视她们的命运，赢得这个庞大的读者群理所当然。他赞美杨玉环又责备杨妃，价值判断清晰。他对女性的关怀思想一如曹雪芹。

他是温和的、容易伤感的男人，早年流离失所，小手牵着母亲的衣襟。几年流浪，十年寒窗，对他的一生有重大影响。研究他就要贴近他的生命的特殊形态。单凭理性分析是远远不够的。顺便提一句：理性本身有很多问题，它貌似指向终极而其实不然，它越界的地方太多。这个以后有机会再探讨。

白居易身上，有两股力量给人很深的印象：求官，用情。二者生发无穷的东西，包括他的艺术。

白居易钟情于女人，则与他三十七岁还打着

光棍，以及不算和谐的夫妻生活有关。中年以后他做着高官，融入了高官的生活方式。唐宋得高位的文人大都这样，岂止一个白居易。王安石不近家妓，官场传为笑谈。苏东坡这样的人也在杭州寻觅佳丽胚子。柳永更不用说了。中晚唐诗人，杜牧"十年一觉扬州梦，赢得青楼薄幸名"；李贺李商隐，传世之作多与男女情事相连；元稹前面已经说过，毋庸赘言。

唐代官妓素质高，妓者伎也，白居易在杭州，曾请来朝廷退休的乐工善才，专门教妓女们跳"霓裳羽衣舞"。他还写信对朋友津津乐道："诸妓见仆来，指而相顾曰：此是《秦中吟》《长恨歌》主耳。"唐时官妓都懂诗，白居易所讲的诸妓，不仅读《长恨歌》，也喜爱《秦中吟》，为什么？因为她们来自下层，对白居易描写下层既有感触，更有感激。

从人性的角度理解的白居易和他的诗文，或许能够为我们打开另一个世界。

乐天的诗

暮江吟 ①

一道残阳铺水中,

半江瑟瑟②半江红。

可怜③九月初三夜,

露似真珠④月似弓。

注释

① 吟:古代诗歌体裁的一种。
② 瑟瑟:这里形容未受到残阳照射的江水所呈现的青绿色。
③ 可怜:可爱。
④ 真珠:这里指珍珠。

钱塘湖春行

孤山①寺北贾亭②西,水面初平③云脚低④。

几处早莺争暖树⑤,谁家新燕啄春泥。

乱花渐欲迷人眼,浅草才能没马蹄。

最爱湖东行不足,绿杨阴里白沙堤⑥。

注释

① 孤山:在西湖的里湖与外湖之间,山上有孤山寺。
② 贾亭:贾公亭。唐贞元(785—805)年间,贾全在杭州做官时在西湖边建造此亭。
③ 水面初平:春天湖水初涨,水面刚刚与湖岸齐平。初,刚刚。
④ 云脚低:白云重重叠叠,同湖面上的波浪连成一片,看上去浮云很低。
⑤ 暖树:向阳的树。
⑥ 白沙堤:指西湖的白堤,又称"沙堤"或"断桥堤"。

赋得①古原草送别

读白居易 / 刘小川

离离②原上草,一岁一枯荣。

野火烧不尽,春风吹又生。

远芳侵古道,晴翠接荒城。

又送王孙去,萋萋③满别情。

注释

① 赋得:古代用现成的命题作诗,往往在题目上加"赋得"二字。
② 离离:繁茂的样子。
③ 萋萋:繁茂的样子。

自河南经乱①，关内阻饥②，兄弟离散，各在一处，因望月有感，聊书所怀，寄上浮梁大兄③、於潜七兄④、乌江十五兄⑤，兼示符离⑥及下邽⑦弟妹

时难年荒世业⑧空，弟兄羁旅⑨各西东。
田园寥落⑩干戈⑪后，骨肉流离道路中。
吊影分为千里雁⑫，辞根散作九秋⑬蓬。
共看明月应垂泪，一夜乡心五处同。

注释

① 河南经乱：贞元十五年（799），河南道两处藩镇叛乱，白氏家族在河南新郑县，不得不因此多次迁徙。河南，即河南道，包括今河南、山东大部以及安徽、江苏北部地区。

② 关内阻饥：关内，即关内道，包括今陕西、甘肃、宁夏部分地区。阻饥：因艰难而生饥荒。
③ 浮梁大兄：白居易的大哥白幼文，曾作浮梁（旧县名，在今景德镇市）主簿。
④ 於潜七兄：白居易的某个堂兄，曾任於潜（今浙江杭州临安区）尉。
⑤ 乌江十五兄：白居易的堂兄白逸，时任乌江（今属安徽和县）主簿。
⑥ 符离：在今安徽宿州市埇桥区。
⑦ 下邽：县名，在今陕西渭南，是白居易祖籍所在地。
⑧ 世业：祖宗留下的产业。
⑨ 羁旅：客居他乡。
⑩ 寥落：荒废，冷落。
⑪ 干戈：本指两种兵器，这里指战乱。
⑫ 吊影分为千里雁：古人以雁行比兄弟，这里是说兄弟分散，自吊其影，深感孤独。
⑬ 九秋：秋季九十日。

长安早春旅怀

轩车①歌吹喧都邑,中有一人向隅②立。

夜深明月卷帘愁,日暮青山望乡泣。

风吹新绿草牙拆③,雨洒轻黄柳条湿。

此生知负少年春,不展愁眉欲三十④。

注释

① 轩车:古代高官乘坐的车。
② 向隅:对着角落,形容愁苦孤单的样子。
③ 拆:同坼,草木发芽。
④ 欲三十:快三十岁了。此诗作于贞元十六年(800),白居易此时二十九岁。

邯郸冬至夜思家

邯郸驿里逢冬至,
抱膝灯前影伴身。
想得家中夜深坐,
还应说着远行人。

寄湘灵

泪眼凌寒冻不流,
每经高处即回头。
遥知别后西楼上,
应凭栏干独自愁。

冬至夜怀湘灵

艳质无由见，
寒衾不可亲。
何堪最长夜，
俱作独眠人。

长恨歌

汉皇①重色思倾国,御宇②多年求不得。

杨家有女③初长成,养在深闺人未识。

天生丽质难自弃,一朝选在君王侧。

回眸一笑百媚生,六宫粉黛④无颜色。

春寒赐浴华清池⑤,温泉水滑洗凝脂。

侍儿扶起娇无力,始是新承恩泽时。

云鬓⑥花颜金步摇⑦,芙蓉帐⑧暖度春宵。

春宵苦短日高起,从此君王不早朝。

承欢侍宴无闲暇,春从春游夜专夜。

后宫佳丽三千人,三千宠爱在一身。

金屋⑨妆成娇侍夜,玉楼宴罢醉和春。

姊妹弟兄皆列土⑩,可怜⑪光彩生门户。

遂令天下父母心,不重生男重生女。

骊宫[12]高处入青云,仙乐风飘处处闻。

缓歌慢舞凝丝竹,尽日君王看不足。

渔阳鼙鼓[13]动地来,惊破《霓裳羽衣曲》[14]。

九重城阙[15]烟尘生,千乘万骑西南行。

翠华[16]摇摇行复止,西出都门百余里。

六军[17]不发无奈何,宛转[18]蛾眉[19]马前死。

花钿[20]委地[21]无人收,翠翘金雀玉搔头[22]。

君王掩面救不得,回看血泪相和流。

黄埃散漫风萧索,云栈[23]萦纡[24]登剑阁[25]。

峨眉山[26]下少人行,旌旗无光日色薄。

蜀江水碧蜀山青,圣主朝朝暮暮情。

行宫见月伤心色,夜雨闻铃[27]肠断声。

天旋日转[28]回龙驭[29],到此踌躇不能去。

马嵬坡[30]下泥土中,不见玉颜空死处。

君臣相顾尽沾衣,东望都门信马归。

归来池苑皆依旧,太液芙蓉未央柳[31]。

芙蓉如面柳如眉,对此如何不泪垂?

春风桃李花开日,秋雨梧桐叶落时。

西宫南苑多秋草,宫叶满阶红不扫。

梨园弟子㉜白发新,椒房阿监青娥老㉝。

夕殿萤飞思悄然,孤灯挑尽未成眠。

迟迟钟鼓初长夜,耿耿㉞星河欲曙天㉟。

鸳鸯瓦冷霜华重,翡翠衾寒谁与共?

悠悠生死别经年,魂魄不曾来入梦。

临邛㊱道士鸿都㊲客,能以精诚致魂魄㊳。

为感君王辗转思,遂教方士殷勤觅。

排空驭气奔如电,升天入地求之遍。

上穷碧落㊴下黄泉㊵,两处茫茫皆不见。

忽闻海上有仙山,山在虚无缥缈间。

楼阁玲珑五云起,其中绰约㊶多仙子。

中有一人字太真,雪肤花貌参差㊷是。

金阙西厢叩玉扃㊸,转教小玉报双成㊹。

闻道汉家天子使,九华帐[45]里梦魂惊。

揽衣推枕起徘徊,珠箔[46]银屏迤逦开。

云鬓半偏新睡觉,花冠不整下堂来。

风吹仙袂飘飖举,犹似霓裳羽衣舞。

玉容寂寞泪阑干[47],梨花一枝春带雨。

含情凝睇[48]谢君王,一别音容两渺茫。

昭阳殿[49]里恩爱绝,蓬莱宫[50]中日月长。

回头下望人寰处,不见长安见尘雾。

唯将旧物表深情,钿合金钗寄将去。

钗留一股合一扇,钗擘[51]黄金合分钿。

但令心似金钿坚,天上人间会相见。

临别殷勤重寄词,词中有誓两心知。

七月七日[52]长生殿[53],夜半无人私语时。

在天愿作比翼鸟[54],在地愿为连理枝。

天长地久有时尽,此恨绵绵无绝期!

注释

① 汉皇：原指汉武帝，这里代指唐玄宗。
② 御宇：驾御宇内，即统治天下。
③ 杨家有女：指杨贵妃。杨贵妃乳名玉环，开元二十三年（735）册封为玄宗之子寿王李瑁之妃，开元二十八年（740）被玄宗度为女道士进宫，道号太真，天宝四载（745）诏还俗，册封为贵妃。
④ 粉黛：古代女性用粉擦脸，用黛画眉，此处借指六宫中的女性。
⑤ 华清池：骊山上华清宫的温泉。玄宗每年十月到华清宫避寒。
⑥ 云鬓：形容女子鬓发如云。
⑦ 金步摇：古代贵妇的头饰。上有金花，下有垂珠，随着走动而摇晃，所以叫步摇。
⑧ 芙蓉帐：形容帐之精美。
⑨ 金屋：《汉武故事》记载，汉武帝少时，曾言："若得阿娇作妇，当作金屋贮之也。"
⑩ 列土：分封土地。
⑪ 可怜：可爱，值得羡慕。
⑫ 骊宫：骊山上的华清宫。骊山在今陕西临潼。
⑬ 渔阳鼙鼓：指代安禄山叛乱一事。
⑭ 《霓裳羽衣曲》：舞曲名，据说为唐开元年间西凉节度使杨敬述所献，经唐玄宗润色并制作歌词，改用此名。乐曲着意表现虚无缥缈的仙境和仙女形象。
⑮ 九重城阙：九重门的京城，这里指长安。
⑯ 翠华：用翠鸟羽毛装饰的旗帜，指皇帝的仪仗。
⑰ 六军：指天子的军队。

⑱ 宛转：形容美人临死前哀怨缠绵的样子。
⑲ 蛾眉：古代美女的代称，这里指杨贵妃。
⑳ 花钿：用金翠珠宝等制成的花朵形首饰。
㉑ 委地：丢弃在地上。
㉒ 翠翘金雀玉搔头：翠翘，形如翡翠鸟尾；金雀，金雀钗，钗形似凤凰（古称朱雀）；玉搔头，玉簪。
㉓ 云栈：高耸入云的栈道。
㉔ 萦纡：迂回曲折的样子。
㉕ 剑阁：又称剑门关，在今四川剑阁县北，是由秦入蜀的要道。
㉖ 峨眉山：在今四川峨眉山市。唐玄宗奔蜀途中，并未经过峨眉山，这里泛指蜀中高山。
㉗ 夜雨闻铃：《明皇别录》记载，唐玄宗入蜀后，"于栈道雨中闻铃音与山相应。上既悼念贵妃，采其声为《雨霖铃》曲以寄恨焉"。这里暗指此事。
㉘ 天旋日转：指时局好转。
㉙ 回龙驭：皇帝的车驾归来。
㉚ 马嵬坡：在今陕西兴平，杨贵妃死处。
㉛ 太液：汉宫中有太液池。未央：汉有未央宫。这里皆借指唐长安皇宫。
㉜ 梨园弟子：指玄宗当年训练的乐工舞女。
㉝ 椒房阿监青娥老：后宫太监宫女变成了老人。椒房，后妃住的房子。阿监，太监。青娥，年轻的宫女。
㉞ 耿耿：微明的样子。
㉟ 欲曙天：长夜将晓之时。
㊱ 临邛：地名，在今四川邛崃。
㊲ 鸿都：东汉洛阳都城的宫门名，这里借指长安。

㊳ 致魂魄：指招来杨贵妃的亡魂。
㊴ 碧落：这里指天上。
㊵ 黄泉：这里指地下。
㊶ 绰约：女子体态优美的样子。
㊷ 参差：好像，近似。
㊸ 金阙西厢叩玉扃：道教相传，上清宫门中有两阙，左金阙，右玉扃。阙，门上的楼观。扃，门户。
㊹ 小玉：吴王夫差的女儿。双成：西王母的侍女董双成。这里皆借指杨贵妃在仙山的侍女。
㊺ 九华帐：绣着精美图案的帷帐。
㊻ 珠箔：珠帘。
㊼ 阑干：纵横交错的样子，这里形容泪痕满面。
㊽ 凝睇：凝视。
㊾ 昭阳殿：汉代宫殿的名称，这里代指杨贵妃住过的宫殿。
㊿ 蓬莱宫：道教传说中仙山上的宫殿，这里指杨贵妃在仙山的居所。
(51) 擘：分开。
(52) 七月七日：传说中牛郎织女相会的日子。
(53) 长生殿：在华清宫内。
(54) 比翼鸟：传说中的鸟，只有一只眼睛一只翅膀，要二鸟比翼才能飞。

观刈麦 ①

时为盩厔县尉

田家少闲月，五月人倍忙。

夜来南风起，小麦覆陇黄。

妇姑荷②箪食③，童稚携壶浆。

相随饷田去④，丁壮在南岗。

足蒸暑土气，背灼炎天光。

力尽不知热，但惜夏日长。

复有贫妇人，抱子在其傍。

右手秉遗穗⑤，左臂悬弊筐⑥。

听其相顾言，闻者为悲伤。

家田输税尽⑦，拾此充饥肠。

今我何功德？曾不事农桑。

吏禄三百石，岁晏有余粮。

念此私自愧，尽日不能忘。

注释

① 刈麦：割麦。
② 荷：扛起。
③ 箪食：用竹器盛的食物。
④ 饷田：送饭到田间。
⑤ 遗穗：遗漏在田间的麦穗。
⑥ 弊筐：破旧的筐子。
⑦ 输税：纳税。

病假中南亭闲望

欹枕①不视事,两日门掩关。

始知吏役身,不病不得闲。

闲意不在远,小亭方丈间。

西檐竹梢上,坐见太白山。

遥愧峰上云,对此尘中颜!

注释

① 欹枕:斜倚着枕头。

盩厔县北楼望山 ①

一为趋走②吏,尘土不开颜。
辜负平生眼,今朝始见山!

注释
① 本诗作于元和元年(806),白居易时任盩厔县尉。盩厔县,今陕西周至县。
② 趋走:快步行走。

赠内

生为同室亲,死为同穴尘。

他人尚相勉,而况我与君?

黔娄①固穷士,妻贤忘其贫。

冀缺②一农夫,妻敬俨如宾。

陶潜不营生,翟氏③自爨薪④。

梁鸿⑤不肯仕,孟光甘布裙。

君虽不读书,此事耳亦闻。

至此千载后,传是何如人?

人生未死间,不能忘其身。

所须者衣食,不过饱与温。

蔬食⑥足充饥,何必膏粱⑦珍?

缯絮⑧足御寒,何必锦绣文⑨。

君家有贻训,清白遗子孙。

我亦贞苦士,与君新结婚。

庶⑩保贫与素,偕老同欣欣。

注释

① 黔娄:春秋时齐国的贤士,终身贫穷。
② 冀缺:即郤缺,春秋时晋国的政治家,因耕于冀土,名冀缺。
③ 翟氏:陶渊明的妻子。
④ 爨薪:烧火做饭。
⑤ 梁鸿:字伯鸾。东汉末年人,隐居不仕,娶孟光为妻。"举案齐眉"的故事即源出于此。
⑥ 蔬食:以菜蔬为食。
⑦ 膏粱:肥肉和白米,代指富贵人家精美的食物。
⑧ 缯絮:指粗劣衣服。
⑨ 锦绣文:用丝线在绸缎上织出美丽的花纹。
⑩ 庶:希望、但愿。

新乐府^①五十首（选十首）

序曰：凡九千二百五十二言，断为五十篇。篇无定句，句无定字^②，系于意，不系于文。首句标其目^③，卒章^④显其志，《诗》三百^⑤之义^⑥也。其辞质而径^⑦，欲见之者易谕^⑧也。其言直而切^⑨，欲闻之者深诫也。其事核而实，使采之者传信也。其体顺而肆^⑩，可以播于乐章歌曲也。总而言之，为君、为臣、为民、为物、为事而作，不为文而作也。

元和四年为左拾遗时作

海漫漫

戒求仙也

海漫漫^⑪，直下无底旁无边。

云涛烟浪最深处，人传中有三神山⑫。

山上多生不死药，服之羽化为天仙。

秦皇汉武信此语，方士年年采药去。

蓬莱今古但闻名，烟水茫茫无觅处。

海漫漫，风浩浩，眼穿不见蓬莱岛。

不见蓬莱不敢归，童男丱女舟中老⑬。

徐福文成⑭多诞诞，上元太一⑮虚祈祷。

君看骊山顶上茂陵头，毕竟悲风吹蔓草。

何况玄元圣祖五千言：不言药，不言仙，不言白日升青天。

注释

① 新乐府：乐府本来是西汉时朝廷采集诗歌配乐的机构，后来把能入乐的诗歌都称为"乐府诗"。唐代的乐府，相对于古乐府，自拟新题。

② 篇无定句，句无定字：这是新乐府的特点，篇幅长短不一，以七言为主，间或杂以三言、五言等句式。

③目：题目。
④卒章：篇末。
⑤《诗》三百：《诗经》。
⑥义：体例。
⑦质而径：质朴而直接。
⑧谕：领会。
⑨直而切：直接而恳切。
⑩顺而肆：通顺而流畅。
⑪漫漫：广阔无边的样子。
⑫三神山：指方丈、蓬莱、瀛洲这三座古来相传的海中三座神山。
⑬童男丱女舟中老：《史记·秦始皇本纪》记载，秦始皇时，方士徐福对他说，海里有三座神山，山上有长生不老药。始皇信以为真，叫徐福带领童男童女数千人入海，结果他们一去不返。丱女，即童女。
⑭文成：汉武帝时的方士，以鼓吹鬼神方术为武帝所信任，被封为文成将军，后因骗局暴露而被杀。
⑮上元太一：上元是传说中的女仙，即上元夫人。太一是秦汉两朝的"天神"。

上阳白发人 ①

愍 ② 怨旷 ③ 也

上阳人，上阳人，红颜暗老白发新。

绿衣监使 ④ 守宫门，一闭上阳多少春。

玄宗末岁初选入，入时十六今六十。

同时采择 ⑤ 百余人，零落年深残 ⑥ 此身。

忆昔吞悲别亲族，扶入车中不教哭。

皆云入内便承恩，脸似芙蓉胸似玉。

未容君王得见面，已被杨妃遥侧目 ⑦。

妒令潜配 ⑧ 上阳宫，一生遂向空房宿。

秋夜长，夜长无寐天不明。

耿耿残灯背壁影，萧萧暗雨打窗声。

春日迟，日迟独坐天难暮。

宫莺百啭愁厌闻，梁燕双栖老休妒。

莺归燕去长悄然，春往秋来不记年。

唯向深宫望明月，东西四五百回圆。

今日宫中年最老，大家⑨遥赐尚书号。

小头鞋履窄衣裳，青黛点眉眉细长。

外人不见见应笑，天宝末年时世妆⑩。

上阳人，苦最多。

少亦苦，老亦苦，少苦老苦两如何！

君不见昔时吕向⑪美人赋，

又不见今日上阳白发歌！

注释

① 此诗白居易自注："天宝五载已后，杨贵妃专宠，后宫人无复进幸矣。六宫有美色者，辄置别所，上阳是其一也，贞元中尚存焉。"上阳，宫名，在东都洛阳宫内，唐高宗时所建。
② 愍：怜悯。
③ 怨旷：指男女无偶。
④ 绿衣监使：唐代京都诸苑的监官，着绿色衣服，负

责监管宫女。
⑤ 采择：选择宫女。
⑥ 残：剩留。
⑦ 侧目：斜目而视，表示嫉妒。
⑧ 潜配：暗中发配。
⑨ 大家：宫中对皇帝的称呼。
⑩ 时世妆：流行的妆容。
⑪ 吕向：字子回，唐玄宗时人。开元十年（722）召入翰林。作者原注："天宝末，有密采艳色者，当时号花鸟使。吕向献《美人赋》以讽之。"

新丰折臂翁

戒边功①也

新丰老翁八十八,头鬓眉须皆似雪。

玄孙扶向店前行,左臂凭肩②右臂折。

问翁臂折来几年,兼问致折何因缘。

翁云贯③属新丰县,生逢圣代无征战。

惯听梨园歌管声,不识旗枪与弓箭。

无何④天宝大征兵,户有三丁点一丁。

点得驱将⑤何处去,五月万里云南行。

闻道云南有泸水⑥,椒花⑦落时瘴烟起。

大军徒涉⑧水如汤,未过十人二三死。

村南村北哭声哀,儿别爷娘夫别妻。

皆云前后征蛮者,千万人行无一回。

是时翁年二十四,兵部牒⑨中有名字。

夜深不敢使人知，偷将大石锤折臂。

张弓簸旗⑩俱不堪，从兹始免征云南。

骨碎筋伤非不苦，且图拣退⑪归乡土。

此臂折来六十年，一肢虽废一身全。

至今风雨阴寒夜，直到天明痛不眠。

痛不眠，终不悔，且喜老身今独在。

不然当时泸水头，身死魂孤骨不收。

应作云南望乡鬼，万人冢⑫上哭呦呦。

老人言，君听取。

君不闻：开元宰相宋开府，不赏边功防黩武？⑬

又不闻：天宝宰相杨国忠，欲求恩幸立边功？

边功未立生人怨，请问新丰折臂翁。⑭

注释

① 边功：开拓疆土之功。
② 凭肩：扶在别人肩上。

③ 贯：籍贯。
④ 无何：不久。
⑤ 驱将：驱使。将，语气助词。
⑥ 泸水：指今金沙江。
⑦ 椒花：椒，即花椒。花椒春夏之间开化，盛夏而落，其时有瘴气。
⑧ 徒涉：徒步涉水。
⑨ 兵部牒：呈给兵部的征兵文书。
⑩ 簸旗：摇旗。
⑪ 拣退：因残疾被剔除。
⑫ 万人冢：白居易自注："云南有万人冢，即鲜于仲通、李宓曾覆军之所也。"
⑬ 此句白居易自注："开元初，突厥数寇边，时大武军子将郝灵佺出使，因引特勒回鹘部落，斩突厥默啜，献首于阙下，自谓有不世之功。时宋璟为相，以天子年少好武，恐徼功者生心，痛抑其党。逾年，始授郎将。灵佺遂恸哭呕血而死也。"
⑭ 末四句白居易自注："天宝末，杨国忠为相，重结阁罗凤之役，募人讨之，前后发二十余万众，去无返者。又捉人连枷赴役，天下怨哭，人不聊生，故禄山得乘人心而盗天下。元和初，而折臂翁犹存，因备歌之。"

太行路

借夫妇以讽君臣之不终也

太行之路能摧车,若比人心是坦途。

巫峡①之水能覆舟,若比人心是安流。

人心好恶苦不常,好生毛羽恶生疮②。

与君结发未五载,岂期牛女③为参商④。

古称色衰⑤相弃背,当时美人犹怨悔。

何况如今鸾镜⑥中,妾颜未改君心改。

为君熏衣裳,君闻兰麝⑦不馨香。

为君盛容饰,君看金翠无颜色。

行路难,难重陈。

人生莫作妇人身,百年苦乐由他人。

行路难,难于山,险于水。

不独人间夫与妻,近代君臣亦如此。

君不见左纳言，右纳史⑧，朝承恩，暮赐死。

行路难，不在水，不在山，只在人情反覆间。

注释

① 巫峡：长江三峡之一。
② 好生毛羽恶生疮：出自张衡《西京赋》："所好生毛羽，所恶成创痏。"形容主观好恶不同导致产生的结果不同。
③ 牛女：牛郎、织女。
④ 参商：两个星宿的名字，此出彼没，永不同现。
⑤ 色衰：出自《史记·吕不韦列传》："以色事人者，色衰而爱弛。"
⑥ 鸾镜：指妆镜。
⑦ 兰麝：指香料。
⑧ 左纳言，右纳史：两种官职名称。

道州民[①]

美臣遇明主也

道州民，多侏儒，长者不过三尺余。

市[②]作矮奴年进送[③]，号为道州任土贡[④]。

任土贡，宁若斯？

不闻使人生别离，老翁哭孙母哭儿。

一自阳城[⑤]来守郡，不进矮奴频诏问[⑥]。

城云臣按六典[⑦]书，任土贡有不贡无。

道州水土所生者，只有矮民无矮奴。

吾君感悟玺书下，岁贡矮奴宜悉罢。

道州民，老者幼者何欣欣。

父兄子弟始相保，从此得作良人[⑧]身。

道州民，民到于今受其赐，欲说使君先下泪。

仍恐儿孙忘使君，生男多以阳为字。

注释

① 道州：唐代州名，在今湖南道县。
② 市：购买。
③ 进送：送入朝廷。
④ 任土贡：地方向朝廷进贡土产。
⑤ 阳城：字亢宗，贞元十四年（798）任道州刺史，居官廉正。
⑥ 诏问：朝廷下诏质问。
⑦ 六典：指《唐六典》，唐玄宗时编撰的记载唐代规章制度的书。
⑧ 良人：良民，平民。

红线毯

忧蚕桑之费也

红线毯,择茧缫丝①清水煮,拣丝练线②红蓝染③。

染为红线红于蓝④,织作披香殿上毯。

披香殿⑤广十丈余,红线织成可⑥殿铺。

彩丝茸茸香拂拂⑦,线软花虚不胜物⑧。

美人踏上歌舞来,罗袜绣鞋随步没。

太原毯涩毲⑨缕硬,蜀都褥⑩薄锦花冷,

不如此毯温且柔,年年十月来宣州⑪。

宣城太守加样⑫织,自谓为臣能竭力。

百夫同担进宫中,线厚丝多卷不得。

宣城太守知不知?一丈毯,千两丝!

地不知寒人要暖,少⑬夺人衣作地衣!

注释

① 缲丝：将蚕茧抽丝。
② 练线：把生丝煮熟，使之变白变柔软。
③ 红蓝：红蓝花，可用于染色。
④ 红于蓝：比红蓝花还要红。
⑤ 披香殿：汉代后宫宫殿名，赵飞燕曾在这里起舞。此处借指唐代后宫。
⑥ 可：尽，遍。
⑦ 拂拂：散布貌，指香气浓郁。
⑧ 不胜物：无法承受物体的重量。
⑨ 毳：兽身上的细毛。
⑩ 蜀都褥：成都所织的锦缎地毯。
⑪ 宣州：今属安徽宣城。
⑫ 加样：增加图案花样。
⑬ 少：不要。

杜陵叟

伤农夫之困也

杜陵叟，杜陵居，岁种薄田一顷①余。
三月无雨旱风起，麦苗不秀②多黄死。
九月降霜秋早寒，禾穗未熟皆青干。
长吏③明知不申破④，急敛暴征求考课⑤。
典⑥桑卖地纳官租，明年衣食将何如？
剥我身上帛，夺我口中粟。
虐人害物即豺狼，何必钩爪锯牙⑦食人肉！
不知何人⑧奏皇帝，帝心恻隐知人弊。
白麻纸⑨上书德音，京畿⑩尽放今年税。
昨日里胥⑪方到门，手持敕牒⑫榜⑬乡村。
十家租税九家毕，虚受吾君蠲免⑭恩。

注释

① 一顷：一百亩。
② 秀：植物抽穗开花。
③ 长吏：地方官员，比如县令等。
④ 申破：申报。
⑤ 求考课：寻求在政绩考核中获得好评。
⑥ 典：抵押。
⑦ 钩爪锯牙：比喻严苛的官员像野兽一样。
⑧ 不知何人：作者委婉的自称。
⑨ 白麻纸：唐代遇到国家大事，用白麻纸书写诏诰。
⑩ 京畿：京城附近地区。
⑪ 里胥：里正，唐代百家为里，设里正一人。
⑫ 敕牒：诏书的一种，用于誊写皇帝的命令，此处指免租的命令。
⑬ 榜：张贴。
⑭ 蠲免：免除。

卖炭翁

苦宫市①也

卖炭翁，伐薪烧炭南山中。

满面尘灰烟火色，两鬓苍苍②十指黑。

卖炭得钱何所营③？身上衣裳口中食。

可怜身上衣正单，心忧炭贱愿天寒。

夜来城外一尺雪，晓驾炭车辗冰辙。

牛困人饥日已高，市南门外泥中歇。

翩翩④两骑来是谁？黄衣使者白衫儿⑤。

手把文书口称敕，回⑥车叱⑦牛牵向北⑧。

一车炭，千余斤，宫使驱将惜不得⑨。

半匹红纱一丈绫⑩，系向牛头充炭直⑪。

注释

① 宫市：唐德宗贞元末，宫中派宦官到民间市场买物，名为"宫市"，实为掠夺。
② 苍苍：灰白。
③ 何所营：做什么用。营，谋求、需求。
④ 翩翩：轻快的样子。
⑤ 黄衣使者白衫儿：黄衣使者，指太监。白衫儿，指太监手下的爪牙，市井泼皮。
⑥ 回：调转。
⑦ 叱：吆喝。
⑧ 牵向北：长安城宫廷在北面，集市在南面，这里指将牛牵向皇宫。
⑨ 惜不得：吝惜不得。
⑩ 半匹红纱一丈绫：唐代商品交易，钱帛并用，但"半匹红纱一丈绫"远远低于一车炭的价值。
⑪ 直：同"值"，价钱。

秦吉了①

哀冤民也

秦吉了,出南中②,彩毛青黑花颈红。

耳聪心慧舌端巧,鸟语人言无不通。

昨日长爪鸢③,今朝大嘴乌④。

鸢捎⑤乳燕一窠覆,乌啄母鸡双眼枯。

鸡号堕地燕惊去,然后拾卵攫其雏。

岂无雕与鹗⑥?嗉⑦中肉饱不肯搏。

亦有鸾鹤群,闲立飏高如不闻。

秦吉了,人云尔是能言鸟,岂不见鸡燕之冤苦?

吾闻凤凰百鸟主,尔竟不为凤凰⑧之前致一言,

安用噪噪闲言语!

注释

① 秦吉了:鸟名,即鹩哥。
② 南中:指中国南方两广地区。
③ 鸢:老鹰。
④ 乌:乌鸦。
⑤ 捎:扑打。
⑥ 雕与鹗:雕,一种猛禽,比老鹰大。鹗,指鱼鹰,也是猛禽。
⑦ 嗉:指嗉囊,鸟类储存食物的器官。
⑧ 凤凰:古时候认为凤凰是百鸟之主,此处比喻皇帝。

采诗官[①]

鉴前王乱亡之由也

采诗官,采诗听歌导[②]人言。

言者无罪闻者诫,下流上通上下泰。

周灭秦兴至隋氏,十代[③]采诗官不置。

郊庙登歌赞君美,乐府艳词悦君意。

若求兴谕规刺[④]言,万句千章无一字。

不是章句无规刺,渐及朝廷绝讽议。

诤臣杜口为冗员,谏鼓高悬作虚器。

一人[⑤]负扆[⑥]常端默,百辟[⑦]入门两自媚。

夕郎[⑧]所贺皆德音,春官[⑨]每奏唯祥瑞。

君之堂兮千里远,君之门兮九重闭。

君耳唯闻堂上言,君眼不见门前事。

贪吏害民无所忌,奸臣蔽君无所畏。

君不见：厉王胡亥⑩之末年，群臣有利君无利。

君兮君兮愿听此：欲开壅蔽⑪达人情，先向歌诗求讽刺。

注释

① 采诗官：朝廷派去采集民间歌谣的官员。
② 导：引导。此处有将民间言论传达给朝廷之意。
③ 十代：指秦、汉、魏、两晋、宋、齐、梁、陈、隋十代。
④ 兴谕规刺：用比兴来讽喻，用规劝来谏言。
⑤ 一人：指帝王。
⑥ 负扆：背靠屏风。
⑦ 百辟：百官。
⑧ 夕郎：唐代官职名，又称给事中。
⑨ 春官：礼部尚书，武则天时曾改称春官尚书。
⑩ 厉王胡亥：厉王，周厉王，西周末年的暴君。胡亥，秦二世。
⑪ 壅蔽：蒙蔽。

秦中吟十首(选五首)

贞元、元和之际,予在长安,闻见之间,有足悲者。因直歌其事,命为《秦中吟》。

重赋

厚地①植桑麻,所要济生民②。

生民理③布帛,所求活一身。

身外充征赋,上以奉君亲。

国家定两税④,本意在忧人。

厥初⑤防其淫⑥,明敕内外臣。

税外加一物,皆以枉法⑦论。

奈何岁月久,贪吏得因循。

浚⑧我以求宠,敛索⑨无冬春。

织绢未成匹,缲丝未盈斤。

里胥⑩迫我纳,不许暂逡巡⑪。

岁暮天地闭,阴风生破村。

夜深烟火尽,霰雪白纷纷。

幼者形不蔽,老者体无温。

悲喘与寒气,并入鼻中辛。

昨日输⑫残税,因窥官库门:

缯帛⑬如山积,丝絮如云屯。

号为羡余⑭物,随月献至尊。

夺我身上暖,买尔眼前恩。

进入琼林库⑮,岁久化为尘。

注释

① 厚地:大地。
② 济生民:满足人民生活需要。
③ 理:料理。

④ 两税：两税法，是指中唐实行的一年按夏、秋两季征税的法度。
⑤ 厥初：开始。
⑥ 淫：过度。
⑦ 枉法：违法。
⑧ 浚：榨取。
⑨ 敛索：勒索。
⑩ 里胥：乡村小吏。
⑪ 逡巡：迟缓拖延。
⑫ 输：交纳。
⑬ 缯帛：泛指丝织品。
⑭ 羡余：正税之外的进奉。
⑮ 琼林库：储藏贡品的仓库。

伤宅

谁家起甲第①，朱门大道边？

丰屋②中栉比③，高墙外回环。

累累六七堂，栋宇相连延。

一堂费百万，郁郁起青烟。

洞房温且清，寒暑不能干。

高堂虚④且迥，坐卧见南山⑤。

绕廊紫藤架，夹砌红药⑥栏。

攀枝摘樱桃，带花移牡丹。

主人此中坐，十载为大官。

厨有臭败肉，库有贯朽钱⑦。

谁能将我语⑧，问尔骨肉间。

岂无穷贱者，忍不救饥寒？

如何奉一身，直欲保千年？

不见马家宅,今作奉诚园。

注释

① 甲第:第一等官僚住宅。
② 丰屋:高大的房屋。
③ 栉比:像梳齿那样排列着,形容细密而齐整。
④ 虚:宽敞。
⑤ 南山:终南山。
⑥ 红药:芍药。
⑦ 贯朽钱:钱积久不用,穿钱的绳子朽断,形容富有。
⑧ 将我语:把我的话传达给对方。将,传达。

伤友

陋巷孤寒士,出门苦恓恓①。

虽云志气在,岂免颜色低。

平生同门友,通籍②在金闺③。

曩者④胶漆契,迩来云雨暌⑤。

正逢下朝归,轩骑五门西⑥。

是时天久阴,三日雨凄凄。

蹇驴避路立,肥马当风嘶。

回头忘相识,占道上沙堤。

昔年洛阳社,贫贱相提携。

今日长安道,对面隔云泥。

近日多如此,非君独惨凄。

死生不变者,唯闻任与黎⑦。

注释

① 悁悁：惶惶不安的样子。
② 通籍：出入不受限制。
③ 金闺：金马门，汉武帝时学士待诏的地方。
④ 曩者：从前。
⑤ 暌：隔离。
⑥ 五门西：长安大明宫南面五门，正南曰丹凤门，东曰望仙门，次曰延政门，西曰建福门，次曰兴安门。建福门为百官出入之门，故云"五门西"。
⑦ 任与黎：任公叔、黎逢，二人都是大历十二年进士，友谊深厚。

轻肥 ①

意气②骄满路,鞍马光照尘。

借问何为者,人称是内臣③。

朱绂④皆大夫,紫绶或将军。

夸赴军中宴,走马去如云。

樽罍⑤溢九酝⑥,水陆罗八珍。

果擘⑦洞庭橘,脍切天池鳞。

食饱心自若⑧,酒酣气益振。

是岁江南旱,衢州⑨人食人。

注释

① 轻肥:轻裘肥马,指豪华生活。
② 意气:神态。
③ 内臣:太监、宦官。

④ 朱绂：古代礼服上的红色蔽膝，后多指称官服。
⑤ 樽罍：樽、罍都是酒具。
⑥ 九酝：当时襄阳宜城出产的名酒。
⑦ 擘：剥开。
⑧ 自若：自得、自在。
⑨ 衢州：今浙江衢州一带。

买花①

读白居易

帝城春欲暮,喧喧车马度。
共道牡丹时,相随买花去。
贵贱无常价,酬直②看花数:
灼灼③百朵红,戋戋④五束素。
上张幄幕⑤庇,旁织巴篱⑥护。
水洒复泥封,移来色如故。
家家习为俗,人人迷不悟。
有一田舍翁,偶来买花处。
低头独长叹,此叹无人谕⑦:
一丛深色花,十户中人赋!

注释

① 花：特指牡丹花。
② 直：同"值"，价值。
③ 灼灼：鲜艳的样子。
④ 戋戋：众多。
⑤ 幄幕：帐幕。
⑥ 巴篱：篱笆。
⑦ 谕：知晓。

司马宅 ①

雨径绿芜合,霜园红叶多。

萧条司马宅,门巷无人过。

唯对大江水,秋风朝夕波。

注释

① 司马宅:指白居易任江州司马时的官舍。

访陶公旧宅·并序

予夙慕陶渊明为人。往岁渭川①闲居,尝有《效陶体诗》十六首。今游庐山,经柴桑,过栗里,思其人,访其宅,不能默默。又题此诗云。

垢尘不污玉,灵凤②不啄膻③。

呜呼陶靖节④,生彼晋宋间。

心实有所守,口终不能言⑤。

永惟⑥孤竹⑦子,拂衣首阳山。

夷齐⑧各一身,穷饿未为难。

先生有五男⑨,与之同饥寒。

肠中食不充,身上衣不完。

连征⑩竟不起,斯可谓真贤。

我生君之后,相去五百年。

每读五柳传⑪，目想心拳拳⑫。

昔常咏遗风，著为十六篇⑬。

今来访故宅，森若⑭君在前。

不慕樽有酒，不慕琴无弦。

慕君遗荣利，老死此丘园。

柴桑古村落，栗里旧山川。

不见篱下菊，但余墟中烟。

子孙虽无闻⑮，族氏犹未迁。

每逢姓陶人，使我心依然⑯。

注释

① 渭川：指作者的家乡下邽。
② 灵凤：凤凰。
③ 膻：膻腥食物。
④ 陶靖节：陶渊明，靖节是陶渊明的谥号。
⑤ 心实有所守，口终不能言：指晋亡之后，陶渊明不齿做刘宋的官，又不敢明言，所以很多政治性的诗篇写得特别隐晦。

⑥永惟：长久思念。
⑦孤竹：殷商国名。
⑧夷齐：伯夷、叔齐，孤竹君的两个儿子。武王伐纣，他们不食周粟，饿死在首阳山。
⑨五男：陶渊明的五个儿子。
⑩征：征辟，征召。
⑪五柳传：陶渊明的《五柳先生传》。
⑫拳拳：钦佩之情。
⑬十六篇：指白居易的《效陶体诗》十六首。
⑭森若：凛然严肃的气氛。
⑮无闻：籍籍无名，没有做官。
⑯依然：依恋不舍。

琵琶行①·并序

元和十年,予左迁②九江郡③司马④。明年秋,送客湓浦口,闻舟中夜弹琵琶者,听其音,铮铮然有京都声⑤。问其人,本长安倡女,尝学琵琶于穆、曹二善才⑥,年长色衰,委身⑦为贾人⑧妇。遂命酒,使快弹数曲。曲罢悯然,自叙少小时欢乐事,今漂沦憔悴,转徙于江湖间。予出官⑨二年,恬然自安。感斯人言,是夕始觉有迁谪意。因为⑩长句⑪歌以赠之。凡六百一十六言,命⑫曰《琵琶行》。

浔阳江⑬头夜送客,枫叶荻花秋瑟瑟⑭。
主人下马客在船,举酒欲饮无管弦⑮。
醉不成欢惨将别,别时茫茫江浸月。
忽闻水上琵琶声,主人忘归客不发。
寻声暗问弹者谁,琵琶声停欲语迟⑯。
移船相近邀相见,添酒回灯⑰重开宴。

千呼万唤始出来，犹抱琵琶半遮面。

转轴拨弦[18]三两声，未成曲调先有情。

弦弦掩抑[19]声声思，似诉平生不得志。

低眉信手续续弹，说尽心中无限事。

轻拢慢捻抹复挑[20]，初为《霓裳》后《六幺》[21]。

大弦嘈嘈如急雨，小弦切切如私语。

嘈嘈切切错杂弹，大珠小珠落玉盘。

间关[22]莺语花底滑，幽咽泉流冰下难。

冰泉冷涩弦凝绝[23]，凝绝不通声暂歇。

别有幽愁暗恨生，此时无声胜有声。

银瓶乍破水浆迸，铁骑突出刀枪鸣。

曲终收拨[24]当心画[25]，四弦一声如裂帛。

东船西舫悄无言，唯见江心秋月白。

沉吟放拨插弦中，整顿衣裳起敛容[26]。

自言本是京城女，家在虾蟆陵[27]下住。

十三学得琵琶成,名属教坊第一部㉘。
曲罢曾教善才㉙服,妆成每被秋娘㉚妒。
五陵年少争缠头㉛,一曲红绡㉜不知数。
钿头银篦㉝击节碎,血色罗裙翻酒污。
今年欢笑复明年,秋月春风等闲度。
弟走从军阿姨死,暮去朝来颜色故㉞。
门前冷落鞍马稀,老大嫁作商人妇。
商人重利轻别离,前月浮梁㉟买茶去。
去来㊱江口守空船,绕船月明江水寒。
夜深忽梦少年事,梦啼㊲妆泪红阑干。
我闻琵琶已叹息,又闻此语重唧唧㊳。
同是天涯沦落人,相逢何必曾相识!
我从去年辞帝京,谪居卧病浔阳城。
浔阳地僻无音乐,终岁不闻丝竹声。
住近湓江㊴地低湿,黄芦苦竹绕宅生。
其间旦暮闻何物?杜鹃㊵啼血猿哀鸣。

春江花朝秋月夜，往往取酒还独倾。

岂无山歌与村笛，呕哑嘲哳[41]难为听。

今夜闻君琵琶语，如听仙乐耳暂[42]明。

莫辞更坐弹一曲，为君翻[43]作《琵琶行》。

感我此言良久立，却坐促弦[44]弦转急。

凄凄不似向前声[45]，满座重闻皆掩泣[46]。

座中泣下谁最多？江州司马青衫湿。

注释

① 行：古诗的一种体裁。
② 左迁：贬官、降职的委婉说法。
③ 九江郡：江州，在今江西九江。
④ 司马：州刺史的副职。
⑤ 京都声：指唐代京城长安流行的乐曲声调。
⑥ 善才：当时对技艺高超的乐师的称呼。
⑦ 委身：嫁人。
⑧ 贾人：商人。
⑨ 出官：京官被贬往地方任职。
⑩ 为：创作。

⑪ 长句：指七言古诗。
⑫ 命：命名，题名。
⑬ 浔阳江：长江的一段，经过江州。
⑭ 瑟瑟：风吹树叶的声音。
⑮ 管弦：管乐与弦乐，这里指音乐。
⑯ 欲语迟：要回答，又有些迟疑。
⑰ 回灯：重新拨亮灯。
⑱ 转轴拨弦：指调弦校音。
⑲ 掩抑：声音低沉。
⑳ 轻拢慢捻抹复挑：拢、捻、抹、挑，是四种弹奏的指法。
㉑ 初为《霓裳》后《六幺》：《霓裳》，即《霓裳羽衣曲》，唐代乐曲名，相传为玄宗所制。《六幺》即《六幺令》，唐代乐曲名。
㉒ 间关：形容鸟鸣宛转。
㉓ 凝绝：凝固。
㉔ 拨：拨子，弹弦器具。
㉕ 当心画：用拨子在弦的半腰一划。表示琵琶曲终的动作。
㉖ 敛容：神情肃穆的样子。
㉗ 虾蟆陵：下马陵，在长安城东南。
㉘ 第一部：即第一队，指最优秀的歌舞演奏队。
㉙ 善才：指其师曹、穆二善才。
㉚ 秋娘：唐代歌伎常用的名字。这里是对善歌貌美歌伎的通称。
㉛ 五陵年少争缠头：豪门子弟抢着多给赏赐。五陵年少，富家子弟。缠头，锦缠头，用来赠给歌伎舞伎。
㉜ 红绡：红色绸缎。

㉝ 钿头银篦：镶嵌着花钿的银质发篦。
㉞ 颜色故：容颜衰老。
㉟ 浮梁：即今江西浮梁，为唐代重要的茶叶产地。
㊱ 去来：去后。
㊲ 梦啼：梦中哭泣。
㊳ 唧唧：嗟叹声。
㊴ 湓江：湓水，在九江市汇入长江。
㊵ 杜鹃：杜鹃鸟，啼声凄苦。
㊶ 呕哑嘲哳：指声音嘈杂刺耳。
㊷ 暂：突然。
㊸ 翻：依曲填词。
㊹ 却坐促弦：重新入座上轴紧弦。
㊺ 向前声：刚才的曲调音节。
㊻ 掩泣：掩面落泪。

问刘十九 ①

绿蚁②新醅③酒,红泥小火炉。

晚来天欲雪,能饮一杯无?

注释

① 刘十九:名字未详,是白居易在江州时经常往来的酒友。
② 绿蚁:指新酿的米酒表面浮起的颜色微绿的浮渣。
③ 醅:酿制。

夜雪

已讶①衾②枕冷,复见窗户明。
夜深知雪重,时闻折竹声。

注释

① 讶:惊讶。
② 衾:被子。

夜雨

早蛩①啼复歇,残灯灭又明。

隔窗知夜雨,芭蕉先有声。

注释

① 蛩:蟋蟀。

大林寺^①桃花

人间四月芳菲尽,山寺桃花始盛开。
长恨春归无觅处,不知转入此中来。

注释

① 大林寺:庐山大林峰上的一座寺庙,相传为晋代僧人昙诜所建。

感情 ①

中庭晒服玩 ②，忽见故乡履。
昔赠我者谁？东邻婵娟子 ③。
因思赠时语 ④，特用结终始 ⑤。
永愿如履綦，双行复双止 ⑥。
自吾谪江郡，飘荡三千里。
为感长情 ⑦ 人，提携同到此。
今朝一惆怅 ⑧，反覆看未已。
人只 ⑨ 履犹双，何曾得相似？
可嗟复可惜，锦表绣为里。
况经梅雨来，色黯花草死 ⑩。

注释

① 感情：感念邻家女子昔日的深情。
② 服玩：服饰和心爱的东西。
③ 东邻婵娟子：宋玉《登徒子好色赋》曾记载东邻美女登墙与宋玉相窥事，此后"东邻子"就成为自主求婚的少女的象征。婵娟，秀美的样子。
④ 赠时语：女方赠予时说的话。
⑤ 结终始：订终生。
⑥ 永愿如履綦，双行复双止：这两句是东邻子当时的话。履綦，鞋带。
⑦ 长情：深情。
⑧ 惆怅：哀伤失志的样子。
⑨ 人只：情谊相投的人并未成双。
⑩ 色黯花草死：指鞋子上的纹饰颜色消退。

招东邻

小榼^①二升酒,新簟^②六尺床。

能来夜话否?池畔欲秋凉。

注释

①榼:盛酒器具。
②簟:竹席。

南湖①早春

风回云断雨初晴,反照②湖边暖复明。
乱点碎红山杏发,平铺新绿水蘋生。
翅低白雁飞仍重,舌涩黄鹂语未成。
不道③江南春不好,年年衰病减心情。

注释

① 南湖:鄱阳湖。
② 反照:阳光倒影。
③ 不道:不是说。

李白墓

采石①江边李白坟，绕田无限草连云。

可怜荒陇穷泉②骨，曾有惊天动地文。

但是③诗人多薄命，就中④沦落不过君。

注释

①采石：采石矶，一名牛渚矶，在当涂县（今属安徽马鞍山）北。采石矶有李白的衣冠冢，李白真身葬于太平州青山。
②穷泉：深深的地下墓穴。
③但是：只要是。
④就中：当中。

题岳阳楼①

岳阳城下水漫漫,独上危楼②凭曲栏。

春岸绿时连梦泽③,夕波红处近长安。

猿攀树立啼何苦,雁点湖飞渡亦难。

此地唯堪画图障④,华堂⑤张⑥与贵人看。

注释

① 岳阳楼:岳阳城(今湖南岳阳)西门楼,面向洞庭湖。
② 危楼:高楼。
③ 梦泽:云梦泽,古代楚地七大泽之一。到唐代一般指岳阳南边的青草湖。
④ 图障:屏风图。
⑤ 华堂:豪华的大厅。
⑥ 张:张开,张挂。

过昭君村

村在归州①东北四十里

灵珠产无种,彩云出无根。

亦如彼姝子②,生此遐陋③村。

至丽物难掩,遽④选入君门。

独美众所嫉,终弃于塞垣⑤。

唯此希代色⑥,岂无一顾恩?

事排势须去,不得由至尊。

白黑既可变,丹青⑦何足论?

竟埋代北⑧骨,不返巴东⑨魂。

惨澹晚云水,依稀旧乡园。

妍姿⑩化已久,但有村名存。

村中有遗老,指点为我言。

不取往者戒,恐贻来者冤。

至今村女面，烧灼成瘢痕。

注释

① 归州：在今湖北秭归县。
② 彼姝子：那个美丽的女子。
③ 遐陋：偏远荒凉。
④ 遽：突然。
⑤ 塞垣：长城，此处泛指塞外。
⑥ 希代色：绝代的姿色。
⑦ 丹青：泛指史籍。
⑧ 代北：代州之北，泛指塞北。
⑨ 巴东：指秭归一带。
⑩ 妍姿：美丽的姿容。

东坡①种花二首

其一

持钱买花树,城东坡上栽。

但购有花者,不限桃杏梅。

百果参杂种,千枝次第开。

天时有早晚,地力②无高低。

红者霞艳艳,白者雪皑皑。

游蜂逐不去,好鸟亦栖来。

前有长流水,下有小平台。

时拂台上石,一举风前杯。

花枝荫我头,花蕊落我怀。

独酌复独咏,不觉月平西。

巴俗不爱花,竟春③无人来。

唯此醉太守,尽日不能回。

注释

① 东坡：忠州城东的高地。这两首诗作于白居易忠州刺史任上。苏轼自号东坡居士，即因仰慕白居易为人，取白诗之意。
② 地力：土壤的肥沃程度。
③ 竟春：整个春天。

其二

东坡春向暮①,树木今何如。

漠漠②花落尽,翳翳叶生初。

每日领童仆,荷锄仍决渠③。

划④土壅⑤其本,引泉溉其枯。

小树低数尺,大树长丈余。

封植来几时,高下随扶疏⑥。

养树既如此,养民亦何殊。

将欲茂枝叶,必先救根株。

云何救根株,劝农⑦均赋租。

云何茂枝叶,省事宽刑书⑧。

移此为郡政,庶几甿俗⑨苏⑩。

注释

① 向暮：将尽。
② 漠漠：密布的样子。
③ 决渠：挖沟引水。
④ 刬：同"铲"。
⑤ 壅：培土。
⑥ 扶疏：枝叶繁盛的样子。
⑦ 劝农：奖励耕作。
⑧ 省事宽刑书：减少扰民的劳役，放宽刑罚的尺度。
⑨ 甿俗：同"氓俗"，即民俗、风尚。
⑩ 苏：恢复生机。

步东坡

读白居易

朝上东坡步,夕上东坡步。

东坡何所爱,爱此新成树。

种植当岁初,滋荣及春暮。

信意取次^①栽,无行亦无数。

绿阴斜景转,芳气微风度。

新叶鸟下来,萎花蝶飞去。

闲携斑竹杖,徐曳黄麻屦^②。

欲识往来频,青芜成白路。

注释

① 取次:随意,随便。
② 屦:麻、葛织成的鞋。

得袁相①书

谷苗深处一农夫,面黑头斑手把锄。
何意使人犹识我,就田来送相公书。

注释

① 袁相:袁滋,字德深,陈州汝南人,

舟中读元九诗

把君诗卷灯前读,诗尽灯残天未明。
眼痛灭灯犹暗坐,逆风吹浪打船声。

读李杜诗集，因题卷后

翰林^①江左^②日，员外^③剑南时。

不得高官职，仍逢苦乱离。

暮年逋客^④恨，浮世^⑤谪仙悲。

吟咏流千古，声名动四夷^⑥。

文场^⑦供秀句，乐府待新辞。

天意君须会，人间要好诗。

注释

① 翰林：李白于天宝初年奉诏入京，任翰林供奉。
② 江左：江东，长江下游东南地区。
③ 员外：杜甫在安史之乱后，曾任检校工部员外郎。
④ 逋客：流亡之人。
⑤ 浮世：人世。
⑥ 四夷：这里指周边国家。
⑦ 文场：文坛。

忆江南

其一

江南好,风景旧曾谙①。

日出江花红胜火,春来江水绿如蓝②。

能不忆江南?

注释

① 谙:熟悉。
② 蓝:蓝靛,一种染料。

其二

江南忆,最忆是杭州。

山寺①月中寻桂子,郡亭枕上看潮头②。

何日更重游?

注释

① 山寺:指杭州天竺寺。
② 潮头:钱塘江潮。

其三

江南忆,其次忆吴宫①。

吴酒一杯春竹叶②,吴娃③双舞醉芙蓉。

早晚④复相逢?

注释

① 吴宫:春秋时吴王夫差所建馆娃宫,遗址在苏州西南灵岩山上,这里指苏州。
② 春竹叶:竹叶青,酒名。
③ 娃:美女。
④ 早晚:何时。

代卖薪女赠诸妓

乱蓬为鬓布为巾,晓踏寒山自负薪。

一种^①钱塘江畔女,著红骑马是何人?

注释

① 一种:一样。

别州民

耆老①遮归路,壶浆②满别筵。

甘棠③无一树,那得泪潸然?

税重多贫户,农饥足④旱田。

唯留一湖水,与汝救凶年⑤。

注释

① 耆老:《礼记·曲礼》:"六十曰耆。"此处泛指年老之人。
② 壶浆:这里指酒。
③ 甘棠:植物名。据说周朝召公关怀人民,常在一棵甘棠树下审理案件。人们对他深表感激,作诗歌颂他,诗即《诗经·召南·甘棠》。
④ 足:多。
⑤ 凶年:灾年。

初丧崔儿报微之晦叔

书报微之晦叔知,欲题崔字泪先垂。
世间此恨偏敦我,天下何人不哭儿?
蝉老悲鸣抛蜕后,龙眠惊觉失珠时。
文章十帙官三品,身后传谁庇荫谁?

秋房夜

云露青天月漏光,中庭立久却①归房。

水窗席冷未能卧,挑尽残灯秋夜长。

注释

① 却:退回。

自问此心呈诸老伴

朝问此心何所思,暮问此心何所为。
不入公门慵①敛手,不看人面免低眉。
居士②室间眠得所,少年场上饮非宜。
闲谈亹亹留诸老,美酝徐徐进一卮③。
心未曾求过分事,身常少有不安时。
此心除自谋身外,更问其余尽不知。

注释

① 慵:懒得。
② 居士:白居易晚年自号香山居士。
③ 卮:盛酒的工具。

别柳枝 ①

两枝杨柳小楼中，袅娜多年伴醉翁。
明日放归归去后，世间应不要春风！

注释

① 柳枝：指白居易的家妓樊素、小蛮二人。

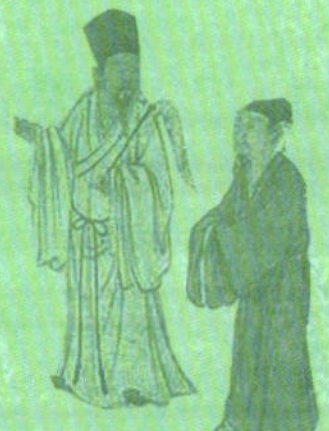